川端文学におけるアダプテーション

――「伊豆の踊子」の翻案を中心に

福田淳子

ブックレット
近代文化研究叢書
17

凡　例

＊旧字体は新字体に改めた。固有名については旧字体のままにしたものもある。
＊年代の表記については西暦を基本としたが、引用の文中が和暦の場合はそれにしたがった。
＊引用文中で誤記と思われる箇所には、ルビで「ママ」と記した。
＊本文中の引用は〈　〉で括った。
＊引用文中の改行は／で示した。
＊本文中の「注」については、章ごとに章末に記した。
＊原作・台本に見られる、現在では不適切と思われる表現については、歴史性を重んじてそのまま使用した。
＊脚本や台本からの引用で「…」など引用中の記号については、その表記にしたがった。

表紙写真：『戀の花咲く 伊豆の踊子』（1933年）　監督／五所平之助　写真提供／松竹

目次

はじめに　4
序章　文学におけるアダプテーション　8
第1章　川端康成とアダプテーション　13
1. 作家としてのスタート　13
2. 川端康成の小説作法／アダプテーションとの親和性　16
（1）作者とは誰か／オリジナルの意識　16
（2）改稿による重層性／個と共同の意識　19
3. 小説「伊豆の踊子」　22
（1）小説「伊豆の踊子」成立まで　22
（2）小説「伊豆の踊子」の柔軟性と強度　24
第2章　「伊豆の踊子」の映画化をめぐって　30
1. 「伊豆の踊子」の映画化　30
2. 映画三作品の比較と考察　31
（1）一九三三年二月　五所平之助監督・伏見晁増補・脚色『戀の花咲く　伊豆の踊子』　31
（2）一九五四年三月　野村芳太郎監督・伏見晁脚色『伊豆の踊子』　45
（3）一九六〇年五月　川頭義郎監督・田中澄江脚色『伊豆の踊子』　61
第3章　演劇作品、その他へのアダプテーション　74
1. 「伊豆の踊子」のアダプテーション／吸収されるメディア　74
2. 多田淳之介台本・演出　観光演劇『伊豆の踊子』　76
（1）「東アジア文化都市2023静岡県」とSPAC＝静岡県舞台芸術センター　76
（2）観光演劇『伊豆の踊子』による進化／深化　77
終章　アダプテーションとリメイクがもたらすもの　88
おわりに　92

はじめに

新型コロナウイルス感染流行前の二〇一九年三月に、下田市観光協会がインバウンドを対象に行った「下田市来訪外国人観光客動機調査」(注1)によれば、「下田の旅の目的ランキング」の四位に〈川端康成「伊豆の踊子」の舞台を見たい〉がランクイン、また「下田の認知経路メディア」では〈本・ドラマ経由〉が三位にランクインする中で、半数は川端康成の小説「伊豆の踊子」を挙げたという。観光先に日本を選ぶ段階で、すでに日本文化への関心が高いとも言えるのだが、この結果を知って驚かずにいられなかった。同じ調査を日本人対象に行ったら、どのような結果が出るだろうか。「伊豆の踊子」が下田訪問の理由に挙がるかどうか、甚だ疑問である。

一昔前までは「伊豆の踊子」といえば、日本人で初めてノーベル文学賞を受賞した川端康成の代表作、アイドル映画として何度も映画化され、JR〝踊り子号〟の由来になった作品、高校の国語の教科書で習った……といったことが、当たり前のように返ってきたはずだ。それがいまや、教科書からは姿を消し、文学史の授業もなくなり、川端康成がいかなる人物かも知らず、「伊豆の踊子」を読んだことのある大学生は授業での経験から言って一割にも満たない。

下田市観光協会は、「伊豆の踊子」に描かれる〝五目並べ〟に因んで、地元の小学生に五目並べを教える授業を行い、物語の舞台となった温泉宿福田家のある河津町観光協会と連携し、河津町が毎年開催している〝伊豆の踊子文学祭〟で「伊豆の踊り子杯　五目並べ大会」を開催、子どもたちの歓声に包まれた新企画は大好評だった(注2)。子どもたちがゲーム機をいったん置いて、江戸時代から伝わる伝統的な娯楽文化に興じることも大事なことであるし、何よりも自分たちが住む町の歴史や文化を知ることに繋がればこんな有意義なことはない。若者への文化継承は最優先すべき喫緊の課題である。しかし、翌年一月には新型コロナウイルス感染者が増加し始め、緊急事態宣言が発令される事態となり、伊豆の踊子文学祭は中止、五目並べ大会の継続も叶わなかったのである。

川端康成没後五〇年にあたる二〇二二年は、新型コロナウイルス感染の波が繰り返される中、急激な感染拡大により第六波に突入するかという状況で幕を開けた。七月にはかつてない規模とスピードで感染が拡大して第七波が始まった。コロナ禍は、社会経済のみならず文化活動に大きな打撃を与えたものの少しずつ動きを取り戻し、新型コロナウイルスとの併存という新しい生活様式に移行する中で、川端の没後五〇年関連行事は大小様々な形で行われた(注3)。記念行事として目立ったのは、新潮文庫の刷新、新資料の公開、川端の命日四月一六日に合わせたNHK―BSでのテレビドラマ『雪国―SNOW COUNTRY―』の放映であった。

同じ五〇年でも、敗戦後まもない一九四八(昭和二三)年に川端は五〇歳を迎え、記念の意味をこめて一六巻本全集を刊行した。記念とは言っても〈ひとへに新潮社の恩誘によることで、私は五十といふ年に深い関心も強い実感も持つてはゐない〉（注4）と書きつつも、作家生活二五年間の全作品に目を通し、一巻ごとに自作の解説のみならず古い日記や回想などを織り交ぜながら長文の「あとがき」を付し、全集は七年がかりで完成する。全巻一六巻分の「あとがき」は一五年後に刊行された一九巻本全集の一四巻に「独影自命」と題されて収録された（詳細は後述）。

厚生労働省では人生一〇〇年時代構想会議を設置（注5）、長寿化が進む現代において五〇歳はそれほど意識に上る年齢ではないが、当時の川端にとっての五〇年は格別な重みがあった。一六巻本全集刊行と同時期に、鎌倉文庫（注6）から刊行を開始した雑誌「人間」に「少年」を連載（一九四八年五月〜一九四九年三月、一〜一五）、一六巻本『川端康成全集』に収録の際、最後の部分（一五続きから一七）が加筆された。〈父母よりも十年ほど長く生き〉、〈七ヶ月の月足らずで生まれて、ぢいさんばあさんに真綿にくるむやうに育てられた、異常な虚弱児が五十年生きて来ただけでも私は望外の幸ひ〉と書き、戦中を生き抜いた末の敗戦、横光利一や菊池寛など近しい文学者たちの相次ぐ死に遭遇した無念を綴り、源氏物語や西鶴に触れ、歴史や運命ということを強く意識したと記す。続けて少年時代の作文や日記を書き写し、未定稿「湯ヶ島での思ひ出」について説明する。

「少年」はこれまで全集でしか読むことができなかったが（注7）、川端没後五〇年を記念して新潮社から文庫版で三月に刊行された。生誕五〇年を記念して書き始めた「少年」が、没後五〇年の記念に文庫化されたことは意義深いことである。新潮社の広告文は、次のように示す。

> 今年四月十六日は、川端の死から五十年の節目に当たります。このタイミングに合わせ、これまで全集でしか読めなかった川端康成の幻のBL作品『少年』が文庫化されました。／川端作品といえば『伊豆の踊子』や『古都』など、「美しい女性」が登場するイメージが強く、BLということに驚かれる方も多いと思いますが、さらに衝撃的なのは、この作品は川端本人の経験が下地になっているということです。／少年時代の川端が「ヤングケアラー」ともいえる悲惨な暮らしをしていたことは、あまり知られていません。
> （注8）

〈BL作品〉〈ヤングケアラー〉という表現により、若い世代に届ける工夫がなされた。

併せて、新潮文庫は三月から六月にかけて発行した一三作品のカバーを「CWAJ現代版画展」に出品された版画作品で新装し、巻末解説についても旧来のものに加え、小川洋子（『掌の小説』三月）、綿矢りさ（『古都』四月）、堀江敏幸（『雪国』五月）、重松清（『伊豆の踊子』六月）らが新解説を執筆している。

川端がその設立に尽力した日本近代文学館は、開館五五周年と川端没後五〇年を記念して「川端康成展―人を愛し、人に愛された人―」（二〇二二年四月二日〜六月一一日）を開催した。

親族や友人、編集者など多くの人々との関係を築きながら作品が生み出されていった経緯を、初公開の書簡や日記、創作ノート等から辿り、川端の肖像に象徴される、鋭い眼光で相手を見据える近づきがたいイメージとは裏腹に、分け隔てなく人と接し、むしろ積極的に多くの人と交流した人間味ある川端の姿を浮き彫りにした。また、神奈川近代文学館は「没後50年　川端康成展　虹をつむぐ人」(二〇二二年一〇月一日〜一一月二七日)を開催、日本古来の伝統的な抒情を描いた作家という一面的なイメージを払拭し、初期から晩年に至る川端作品の多様性・多面性を強調したほか、新人発掘や文学団体等での社会的活動にも注目した展示を行った。両館ともに従来の川端に対するイメージとは異なる姿を浮かび上がらせることに注力したと言える。

もう一つ注目したい動きに、映画上映がある。ウイズコロナとして様々な活動が再開される中で、国立映画アーカイブが文化庁や日本各地の文化施設と連携・協力して所蔵映画フィルムの巡回上映を行う「優秀映画鑑賞推進事業」において、国内八か所の施設が『伊豆の踊子』『雪国』を含むプログラムを上映した。さらに国立映画アーカイブは四年ぶりに「発掘された映画たち２０２２」を開催、五八本上映のうちの一本に、西村小楽天の説明音声を映像と同期させた『戀の花咲く　伊豆の踊子』(一九三三年)の上映を五月四日と五月一三日に行った。これは、一九七四年にフィルムセンター(現国立映画アーカイブ)が企画した「五所平之助監督特集」において、五所平之助監督立ち会いのもと、浅草帝国館で封切られた一九三三年に弁士を務めた西村小楽天が弁士として登壇、その時の録音テープをもとに作製されたものである(注９)。筆者は五月一三日に鑑賞、音楽の伴奏こそ付けられていないが、五所平之助もお墨付きを与えていたという小楽天の名調子はサイレント上映当時を彷彿とさせ、また何よりも同時に録音されている観客の笑い声やざわめきは、映画を楽しむ観客の様子を伝えるに余りある臨場感があった。

小説を原作とする映画は昔から多く制作されているが、「伊豆の踊子」を例にとれば、そもそも原作小説があるからといって鑑賞者の全てが原作を読んでいるとは限らない。原作を読んでいる鑑賞者が、原作をどのように理解し、解釈しているのかも分からないのである。しかし、一九三三年の映画公開時と比較すると、五所特集上映時の一九七四年の方が作家川端も原作小説も共に大衆に浸透していたであろうし、二〇二二年上映時においてはむしろ原作は遠のき、アダプテーション作品での認知度の方が高いとも考えられる。時代の変遷とともに、文学作品は多様な形で発信され、受容方法もまた様々に変化しているのである。

映画はエンターテインメントであり、映画館まで足を運ばせるだけの面白さがあるかどうかにかかっている。もちろん〝笑い〟だけが面白さの判断基準ではない。アイドルが主演であれば、アイドルがどのように演じるのかを見ることが目的の一つになり、作り手がいかに主役としてアイドルを引き立たせ、魅力を引き出すかが映画としての価値を生むことにもなる。アイドルだけでなく、登場人物である俳優たちをいかに配置し、生き生きと動かし、映像が織りなすストーリーに観客を引き込み、観客が心を揺り動かされるどうか。さらに、監督や脚本家（映画製作者）の思いや考えが観客に伝わるかどうかが、エンターテインメントとしての映画の評価に繋がるのである。
『戀の花咲く 伊豆の踊子』を筆頭とする六作品の『伊豆の踊子』は、それぞれに特色がある。長い年月の中で、時代を反映し、どのように飜案がなされたのか、川端作品のアダプテーションをテーマに、映画と舞台作品その他を視野に入れ、「伊豆の踊子」の意味を改めて問い直そうというのが本書の目的である。近代文学の作家が、活字離れや時代の趨勢によって遠のきつつある現在、アダプテーションの役割を改めて問い直したい。

注1　調査期間：二〇一九年三月三日～二四日、調査場所：伊豆急下田駅構内、調査人数：一一六名四三組、調査方法：一組七分程度の英語インタビュー、調査主体：（一社）下田市観光協会、調査協力：下田高校ＧＡＣ部、下田国際交流の会

注2　筆者は二〇一九年度に、昭和女子大学と河津町役場、河津町観光協会、湯ヶ野観光協議会との協働で「河津町文化応援プロジェクト」を実施、本イベントにも学生五名とともに参加した。

注3　研究書の刊行や雑誌での特集、記念行事等については、堀内京「川端康成研究展望二〇二一・一～二〇二二・一二」、杵渕由香「川端康成関係行事・刊行一覧（二〇二二年）」（『川端文学への視界38』叡知の海出版、二〇二三年七月）がまとめている。参照されたい。

注4　「あとがき」一六巻本『川端康成全集 第一巻』（新潮社、一九四八年五月のち「独影自命」）

注5　「人生100年時代」に向けて　厚生労働省　https://www.mhlw.go.jp/stf/seisakunitsuite/bunya/0000207430.html　二〇二四年一月三〇日　最終閲覧

注6　昭和二〇年五月から川端が作家仲間と始めた貸本屋

注7　『少年』（目黒書房、一九五一年四月）は絶版

注8　https://ebook.shinchosha.co.jp/nami/202204_21/　二〇二四年一月三〇日最終閲覧

注9　西村小楽天『私は昭和の語り職人』（エイプリル・ミュージック、一九七八年一二月）の「第三章　対談　トーキー前後　五所平之助／西村小楽天」で『伊豆の踊子』の映画に触れている。

序章　文学におけるアダプテーション

翻案や翻訳、脚色を意味する〝アダプテーション〟という言葉は、文学作品が翻訳や映画化がなされる場面で多く用いられてきた。しかし近年では、文学作品は映画化に限らず、テレビドラマ・演劇・マンガ・アニメなど多様なメディアに翻案され、さらに翻案の対象となる〝原作〟もまた小説に限らず、マンガ・アニメ・ゲームなど多岐にわたっている。近年の科学技術の進化に伴うメディアの多様化はこうしたメディアミックスと呼ばれる現象を加速させ、〝アダプテーション〟そのものの意味するところを拡大させた。この状況は、〝原作〟（オリジナル）を絶対視し翻案された作品を二次的なものとして軽視する見方を薄れさせ、むしろ二次創作が一大ジャンルを形成していると言える。さらに、文化の分類としてのメインカルチャー（ハイカルチャー）、サブカルチャー、ポップカルチャーといったジャンルの境界さえも曖昧な状況を生み出してもいる。

パソコンやスマートフォンの普及による情報化やデジタル化が進む現代社会において、活字離れの問題は深刻化し、いまや出版業界は危機的状況にある。文学作品は教科書から年々削減され、受験国語のために評論重視となり、文学に触れる機会は明らかに減少している。しかし一方で、メディアミックスは多様な小説の映画化を促進させ、映画から小説を知る機会も増えている。また、マンガやゲームにおいて近代文学の作家がキャラクター化され、小説ではなくマンガやゲームから近代文学の作家や作品に関心を持つ若者が現れ、作家の名前や存在すら認知されていなかった地方の文学館に若者が足を運ぶといった現象も起きている（注1）。さらに、かつてはエンターテインメントの中心にあった能や人形浄瑠璃（文楽）、歌舞伎といった伝統芸能にもマンガやアニメを原作とした演目が取り込まれ、音声合成技術やモーションキャプチャー、コンピューターグラフィックスやプロジェクションマッピングなどのデジタル技術を駆使した演出が行われるようにもなった。

もっともこのような現象は、たとえば室町時代の軍記物語である『義経記』が能の「安宅」を生み、江戸時代には歌舞伎や人形浄瑠璃の「勧進帳」はじめ多くの「義経物」が作られ、さらに現代に至って映画化やドラマ化がなされるといった現象と同様の流れにあり、同時代の社会現象を新時代のシステムを用いて取り込んで行く、より緊密に相互性を展開させた文化循環とも考えられる。アダプテーションもメディアミックスも、実は日本の古典や芸能の世界で既に行われてきたことである。映画やアニメのロケ地やゆかりの地を巡る、いわゆる〝聖地巡礼〟もまた、和歌に詠まれた名所旧跡を訪ね歩く『徒然草』などに描かれた歌枕の旅と同様である。現代におけるアイドルグループ（たとえば東京を拠点とするＡＫＢ48）が中心地から海外をも含む他の地域へ姉妹グループを拡大させる現象は、江戸時代に発生した出雲阿国を源流とする女歌舞伎の地方での流行と同様に考えられよう。

一八九〇年代に映画が発明され、数年後に日本にも輸入されると、一八九八年には日本人による初めての映画撮影が行われ、一八九九年には歌舞伎座で公開された（川端生誕の年である）。日本に現存する最古の日本映画は、当時歌舞伎座で市川團十郎と尾上菊五郎によって人気を博していた『紅葉狩』を露天で撮影したものであった。初めての常設映画館「浅草電気館」が開館したのは一九〇三年のこと。当初は輸入のサイレント映画を上映していた。明治時代の演劇と言えば歌舞伎、俳優と言えば歌舞伎役者であり、演劇改良運動を経て新派劇が生まれ、明治末期になって小山内薫らを中心にした新劇運動が起こり、現代の演劇の原型が形作られていく。歌舞伎の女形に代わって、女優が舞台や映画に登場するのもこの頃である。

また、初期の映画は音声の付いていない無声映画（サイレント）であり、活動弁士の解説や伴奏の音楽（生演奏あるいはレコードなどによる）が付けられ、内容理解の助けになっていた。声色や演技によって様々な登場人物の役を語り分ける弁士の解説は、人形浄瑠璃（文楽）において三味線の伴奏に乗せて複数の登場人物や性別を声色で演じ分ける〝太夫〟と同様の役割を果たしてきた。担当する弁士によって解説は変化し、語り口で人気を競い合っており、その時点ですでに翻案（アダプテーション）が行われていたとも言える。

日本映画の歴史を繙けば、歌舞伎や新派劇、伝統話芸などの大衆娯楽（芸能）を引き継いでおり、舞台とともに発展してきたエンターテインメントであることは明らかである。映画そのものの歴史はわずか一三〇年にも満たないが、芸能にしても映画にしても、時代の影響を受けながら文化の浮き沈みによるそれぞれの危機を、様々な戦略を用いて互いに補完し合いながら乗り越えてきたという歴史がある。

高度経済成長期にテレビが発明されてからは、文芸映画と競い合うように文学作品を脚本にしたテレビドラマが制作されてきた。時代の趨勢の中で人々の人生を描き続けながら一五〇〇年近い歴史を築きあげてきた文学（七一二年に撰録された『古事記』を日本最古の文学とすれば）は、明治から大正、昭和という時代の流れの中で、目まぐるしく変化・発展してきたメディア文化にとって、言うまでもなく必要不可欠なものであった。

アンドレ・バザンは次のように示す（注２）。

映画は若い。それに対して文学、演劇、音楽、絵画は歴史と同じほど古いのである。（中略）映画の進化は必然的にすでに認められた芸術の例によって影響されてきた。ゆえに、世紀初頭からの映画の歴史は、芸術一般の進化に固有の決定要因の産物であると同時に、すでに進化を遂げ諸芸術が映画に及ぼした影響の産物でもあるだろう。（中略）おそらく映画の過去五十年は、文学にとっての五世紀にも相当するだろう。

川端康成は、純文学作家として文学史に位置づけられながらも、昭和初期から現代に至るまで、それぞれの場面でメディアに利用され、エンターテインメントに取り込まれてきた作家である。川端作品には国内外合わせて五〇作に及ぶ映画化があり、早い時期からアダプテーションに深く関わってきた。川端文学の特色でもある省筆や比喩の多い文体は映画化しにくいと言われてきたが、原作と映画化との単純な対比ではなく、文学と映画それぞれの特色を相関的に捉え直すことで、文学作品の映画化の意味は新たな解釈の可能性を広げ、映画研究としての進展を見せている。しかし、川端作品は映画化のみならず、舞台やラジオドラマ、テレビドラマなどにも翻案されており、近年では海外でも映画化に加え舞台化も複数行われている。

川端の小説を原作とする映画作品は、古い作品で保存が確認できないものもあり、視聴不可能な作品もある。また、映画館のデジタル化が進むと同時にフィルム上映が可能な映画館が減り、映画館で視聴可能な作品はますます限られている。一方で、フィルムのデジタル化により、DVDで視聴可能な作品が増えつつある。これらは、国内唯一の国立の映画専門施設である国立映画アーカイブによるフィルムの収集や修復、復元、複製作業等の様々な取り組みによるところが大きい。

川端原作のアダプテーション作品が多くある中でも、複数のジャンルにわたって複数のアダプテーションが行われている作品に「伊豆の踊子」・「雪国」・「古都」・「千羽鶴」等があるが、一九三三年から一九七四年まで戦争を挟む四一年間で六回の映画化がある「伊豆の踊子」の存在は大きい。一八九五年にリュミエール兄弟が行った動画公開を映画の起源とすれば、八〇年足らずの映画史における六回の映画化は、映画のソフト・ハード両面からアプローチできる格好の素材と言えよう。

川端作品最初の映画化は一九三〇年九月公開の『浅草紅団』であり、一九三三年二月公開の五所平之助監督『戀の花咲く　伊豆の踊子』は二作目になる。当時の文化の中心地とも言える浅草を舞台にした新聞小説として大衆の注目を浴びて読者を獲得していたであろう「浅草紅団」と、伊豆の温泉地での自身の体験を小説化して雑誌「文芸時代」に発表した「伊豆の踊子」とでは、同じ映画でも出発点（=原作）に大きな違いがあった。当時の観客が、原作を意識して映画を鑑賞したかどうか、そもそも小説が原作であることを認識していたかどうか、具体的な把握は困難であるが、文学作品としての性格により読者層が異なることも考えられ、映画の受け入れられ方にもまた違いがあったと考えられる。その一方で、どちらも弁士解説付きの無声映画として上映されたエンターテインメントであり、大衆娯楽として受け手の反応にはそう違いがなかったとも考えられる。いずれにしても『戀の花咲く　伊豆の踊子』は、こののち五回の「伊豆の踊子」の映画化に繋がるきっかけを作り、ひいてはその後の映画化にも影響を与えたという意味で、川端作品のエンターテインメントとして歴史的転換点にある作品と言っても過言ではないであろう。映画史においても、純文学作品の最初の映画化として成功を収め、その後の文芸映画の先駆的作品として位置づけられ、現在でも高く評価されている。一九三三年度のキネマ旬報ベストテンでは九位の評価を得た。

北村匡平は（注3）、アダプテーション／リメイクの制作や受容、作品の分析の根幹にあるのは「比較」の視点であり、〈「リメイク映画を観る」という経験とは、物語が反復される喜びを味わいつつ、その差異が立ち現れる瞬間を同時に体験するという特殊な間テクスト性にある〉と指摘し、アダプテーションの先駆的研究者であるリンダ・ハッチオンの著書『アダプテーションの理論』（晃洋書房、二〇一二年）と同年に刊行されたコンスタンティン・ヴァーヴィス『FILM REMAKES』（注4）に触れる。ヴァーヴィスは〈これまでの研究がソース・テクスト（オリジナル）から本質的要素を抽出できているかどうかでリメイクの成功を測定し、オリジナルをリメイクに対して特権化するような従来の視座を批判し〉、〈テクストのみではなく映画産業と映画受容の視点を盛り込み、産業的カテゴリーとしてのリメイク（商業と作家）、テクスト的カテゴリーとしてのリメイク（テクストとジャンル）、批評的カテゴリーとしてのリメイク（オーディエンスと言説）という多角的な視点からの分析を促し〉、〈リメイク映画が生成する「産業」や受容される「文化」の視点を導入することでテクスト概念を拡大し、テクストに加えて送り手や受け手の文化的実践＝コンテクストをみるためのフレームが提供された〉とする。リンダ・ハッチオンもまた、〈二次的な創造物として貶められる傾向にある「翻案」のプロセスを重視し、翻案者に複数のアクターの存在（監督、脚本家、音楽監督、衣裳、撮影監督、俳優、編集者など）を認めると同時に、テクストの流れを受容者まで拡大してコンテクストの視点から分析することで、独特な営為や経験をもたらす豊かなテクストとしてアダプテーションの魅力を捉え返した〉のである。

アダプテーション研究については、武田美保子が触れるように（注5）、作品がメディアやジャンルを超えてグローバルに繁殖し需要される近年のアダプテーションの状況から、〈文学・文化研究のパラダイム自体が大きくシフトしようとして〉おり、マスメディアの最新情報や動向についても絶えず意識しておく必要があるアダプテーション研究には相当の労力が必要であることを指摘している。

日本文学におけるアダプテーション研究はあまり進んでおらず、筆者はまだ手探りの状態にある。

本書では、以上のような現状を踏まえた上で、川端康成あるいは川端文学にとって、文学的出発期から近年に至るまで、その名を広く知らしめるために大きな役割を果たしてきた「伊豆の踊子」を対象に、映画化、舞台化を中心に考察し、川端文学が社会で果たしたエンターテインメントとしての役割を明らかにする手がかりとしていきたい。それぞれのジャンルにおける歴史的変遷を追いながら、文学作品のアダプテーションについて学際的に捉え直し、川端文学におけるアダプテーションの体系的な研究を通して文学における社会的役割の変容を明らかにすることは、エンターテインメントにおける新時代の文化システムの解明にも繋がると考える。

注1　DMM GAMESが配信するブラウザゲーム「文豪とアルケミスト」はプレーヤーがアルケミスト（特殊能力者）となり、実在する文豪をモデルにしたキャラクターを転生させ、敵と戦って勝利を目指すゲーム。作家の文学館や記念館が、タイアップやコラボレーション企画を行い、等身大パネルの展示やコラボグッズの販売などを行っている。川端康成文学館（大阪府茨木市）や神奈川近代文学館での没後五〇年川端康成展でもコラボ企画を行った。青空文庫の収録が少なかった作家の作品入力や校正のボランティアが増えたことや文学館訪問者が増えたこと等への影響が指摘されている。今井瞳良「「文豪とアルケミスト」と文学館　川端康成文学館における「川端康成と横光利一」展示を例に」（「横光利一研究」二〇一九年三月）、河合郁子「十二文豪 石川県立図書館ニ降臨ス：ゲーム「文豪とアルケミスト」とのコラボ展示」（図書館問題研究会編）などの論考がある。

注2　『映画とは何か（上）』（二〇一五年二月、岩波文庫）一四〇～一四一頁

注3　北村匡平『24フレームの映画学』（晃洋書房、二〇二一年五月）二一四～二一五頁。

注4　Constantin Verevis, *Film Remakes*, Edinburgh University Press, 2005/11/15

注5　「まえがき」（岩田和男・武田美保子・武田悠一編『アダプテーションとは何か　文学／映画批評の理論と実践』（世織書房、二〇一七年三月）

第1章　川端康成とアダプテーション

1. 作家としてのスタート

川端が作家になることを意識したのは少年時代であり、自身の生い立ちが大きく関わっている。二歳で父、三歳で母を亡くし、祖父母に引き取られて生活を共にするが、小学校に上がった年（八歳）には祖母が他界、盲目で耳も遠い祖父と二人暮らしとなる。母方の親戚に預けられて一度も同居したことのない姉も川端が一〇歳の時に他界、ただ一人の身内である祖父は寝たきりとなり、今で言うヤングケアラーとして、帰宅後から深夜にわたって尿瓶を用いた排泄介助や体位変換などの介護を経験する。『川端康成全集　補巻一』（新潮社、一九八四年四月、以後『補巻一』と記載）には祖父が亡くなる直前の大正二年から昭和一九年までの日記やノート類が断片的に公開されている。川端の作家としての礎を築いた少年時代、作家活動へと結びつく学生時代の様子を垣間見ることができる貴重な資料である。川端の正式な「日記」として公開されたのは『補巻一』が最初であるが、若い時分からこの日記を用いて作品化し、また「古い日記」と題して雑誌に部分的に発表してきた。『補巻一』所収の日記とそれらを比較することで、以前はぼかされていた部分が明確になった例もある。

祖父の介護の日々を綴った大正三年の日記を作品化した「十六歳の日記」は、二七歳の時に「文芸春秋」に二回にわたって発表された。『補巻一』に掲載の日記が大正三年五月三日までであるのに対し、その続きと思われる五月四日から七日までが「十七歳の日記」として一九二五年八月号に、五月八日から一六日までが「続十七歳の日記」として翌九月号に、日記本文の要所要所に二重パーレンで説明を加えて発表され、本文末尾に「あとがき」が添えられた。

その一年半後の一九二七年三月に金星堂から第二創作集『伊豆の踊子』が刊行される際に、「十七歳の日記」と「続十七歳の日記」を一つにして「十六歳の日記」と改題して収録された。『補巻一』に日記原文の収録がないのは、作品化した際に川端が破棄したことによるとされる（注1）。

この後さらに「あとがきの二」が加えられることになる。これは、一六巻本全集を編む際に川端が「あとがき」として付したもので、「十六歳の日記」は第一巻に収録されるが、第一巻の「あとがき」は少年時代を振り返る随筆のようになり、作品自体の解説が書けなかった。そのために第二巻（一九四八年八月）の「あとがき」一から七の「二」の部分で触れることになった。その第二の「あとがき」は、新潮社版一二巻本全集が刊行され、第一巻（一九五九年一一月）に「十六歳の日記」が収録される際に、本文末尾には既に「あとがき」があったために、「あとがきの二」として付されたのである。なお、一六巻本全集に付された全ての「あとがき」は、「独影自命」と題されて一九六九年五月に刊行が開始される一九巻本全集に収録された。

しかしこの「あとがきの二」の扱いは、底本にした刊本によって違いが生じることになる。文庫本で言えば、「十六歳の日記」を収録する旺文社文庫『伊豆の踊子』（一九六五年七月）、講談社文芸文庫『伊豆の踊子・骨拾い』（一九九九年三月）には本文末尾に「あとがき」と「あとがきの二」の掲載があり、岩波文庫『伊豆の踊り子・温泉宿』（一九六七年三月改版）、集英社文庫『伊豆の踊子』（一九九三年六月改版）には「あとがき」のみで「あとがきの二」は掲載がないという違いが生じている。

これらの二七歳以降に付された川端自身の言及は、作品解釈や川端の創作意識をめぐって、研究の立場からも予想外に複雑な結果をもたらすことになる。日記本文は一六歳時の日記そのものと読むべきか、「文芸春秋」に発表した二七歳時の作品と読むか、「あとがきの二」を付した五〇歳時の作品と捉えるか、少なくとも三層の時間が生じたのである。川端自身は「あとがきの二」（「独影自命」一二）において、次のように書く。

> 「十六歳の日記」は大正十四年、二十七歳の時に発表したが、大正三年、十六歳の五月の日記で、私が発表した作品のうちでは最も古い執筆であるから、この全集でも巻首に置いた。私自身にとつては大切な記録である。／これを発表の時「あとがき」をつけたが、この日記について言ひたいことは大方その「あとがき」につきてゐる。しかしその「あとがき」は小説のつもりで書いたので、少し事実とちがふところがある。（傍点筆者）

日記本文は当時のままとしながらも、「あとがき」は単なる「あとがき」の性格を越えて小説の一部のつもりで書いたと語っている。それを拡大解釈すれば、「あとがきの二」もまた同様の可能性を帯びることにもなる。つまりは、「あとがきの二」が付くか付かないかで、作品としての形や解釈に変化が生じるのはもちろんのこと、川端の創作態度の理解にも影響が及ぶことになる（注2）。

「十六歳の日記」は、祖父の死の直前、原稿用紙を百枚用意し、百枚まで書き続ければ祖父は助かる、死にそうに思えるからこそ祖父の面影を書き写しておきたかったと、後日解説を付けている。書くことで病も癒えるかもしれないという、いわば願掛けをして介護日誌のように綴られた。

祖父と二人の家には通いの女中おみよが食事の世話や介護のために出入りしていた。おみよがいない間は川端少年が祖父の世話をし、祖父に頼まれて尿瓶をあてると排尿時の痛みで苦しそうな声を発し、その声を聞きながら〈私は涙ぐむ〉。滅多に便りを出さない相手への葉書を頼まれると、祖父が自分の死を予感したのではないかと少年は恐れた。

おみよが祖父の容態について神社で占ってもらうと、食事を食べているのに通じがないのは腹の中の毛物（獣）が食べているのだそうだと聞かされ、少年は〈真向から迷信と言ひ切つてしまふ勇気もな〉く、〈不思議な不安に襲はれて全く迷つてしまい、馬鹿馬鹿しいと思いながらも〈毛物が食べてゐる〉という言葉が胸に刻みつけられ、祖父の苦しそうな声を聞きながら〈急なことはないけど、追々体が弱つて行きますやろ〉と言われたことが気になって頭から離れない。祖父が静かになって目をつぶっていると、二度と目が開かれないのではないかと不安に襲われる。

祖父の死への怯えや、病状回復への願いや期待に一喜一憂する描写が随所に書き込まれている。一方で、夜中や早朝に祖父に起こされ〈わけのわからない無理ばかり言ふので、憤り罵つたり、静かに考へ直して不幸な人と悲しみ泣いてみたり〉するのである。このような少年にとって〈学校は私の楽園〉、つまり祖父の心配を逃れて自分を解放できる唯一の場所だった。

一方で、〈今日自分は切に小説の傑作が祖父のモデルで出来るをうたがはない　一つ書いて中央公論に出して見やうかと思ふ〉（「大正三年当用日記」『補巻一』）と書いてもおり、読み手によっては祖父への愛情が感じられない冷徹で酷薄な態度と捉える見方もある。しかし、ただ一人残された身内である祖父の病状や、高齢の病人ゆえの我が儘や認知症様症状に翻弄される介護側の様子などを、間近で記した真実の記録であることには間違いない。書くことで不安や悲しみを乗り越えようとした少年の率直な記録である。

その後の川端の作家としての創作態度――物事の本質を探り、自分の目で確かめ、深く入り込まなければ書けない――を考えれば、単なる冷酷さとは異なる見方もできるはずである。祖父の身体的苦痛を的確に捉えようとする表現や、最後の肉親である祖父の死に対する不安や悲しみなど、深く人間に入り込みつつも客観的距離を保って相対化させる身体表現は、少年時代から育まれた川端作品の特色なのである。

祖父三八郎は一九一四年五月に他界、九月には母方の親戚に引き取られ、そこから茨木中学（現大阪府立茨木高等学校）に通ったが、翌年三月から寄宿舎に入る。卒業後、一高受験のため上京して合格し入学、二年のとき伊豆の旅に出る。母が残した遺産と親戚からの経済的援助を受けて、大学まで無事に卒業する。

一九二〇年九月、東京帝国大学に入学し、「新思潮」発刊の許しを請うために菊池寛と会い、翌年には菊池寛から横光利一を紹介される。のちに新感覚派と命名される横光・川端ほか若者たちの活動により雑誌「文芸時代」を発刊、既存の文学とは異なる新しい感覚の作品を目指すことになる。文学活動における先輩菊池寛からの援助は川端にとって大きな助けとなっていた。

菊池寛との関係については、先輩作家としてだけでなく、『補巻一』の日記や『補巻二』の書簡の内容から、作品の下書きなどの手伝いで経済的援助を受けていたことが明らかになっている。いわゆる〝代作〟と言われるものである。代作については、川端の小説作法ひいてはアダプテーション（翻案）にも繋がる、川端文学の本質的な問題として、次節で確認しておきたい。

2．川端康成の小説作法／アダプテーションとの親和性

(1) 作者とは誰か／オリジナルの意識

作家川端とアダプテーションの関係を考えるとき、同時に考えるべき事柄に、川端の小説作法の問題がある。作家によっては、翻訳、映画化など、自作に手を入れられ改変・改作されることを嫌悪し、拒否することもある。川端は多く為された自作の映画化、翻訳に対して疑義を申し立てたことはないようだ。映画化に関してはむしろ歓迎する発言をしており、監督や俳優との交流やロケ現場の見学などにも出向き、積極的に受け入れていた。また、翻訳に対しても、ノーベル文学賞の受賞はサイデンステッカーの翻訳のおかげとし、感謝を示している。川端が生涯において自作の翻案や翻訳を躊躇なく受け入れてきた態度は、川端の小説作法に深く関係すると考えられる。つまり、〝オリジナル〟の意識という問題である。

川端は作家としての出発期から、一度発表した自作に手を入れて別の作品として発表する、あるいは同一のテーマやモチーフを用いて何度も作品化する、複数の雑誌に発表した作品を一つの作品にまとめ直して発表するなど、独自の小説作法とも言うべきスタイルを取ってきた。このことについて言及する前に、いまだに話題となる代作問題について触れておく必要がある。

川端と代作については、以前から取り沙汰されてきた問題であり、暗黙の了解といった作品が多数存在している。普通に読書を楽しむ分にはさしたる問題にならないにしても、研究となると様々な問題が立ちはだかることになる。〝暗黙の了解〟であるのは、確たる証拠が存在していても川端康成名義で既に本が流通していること、一般には証拠が目につきにくいこと、あるいは確定できる根拠がない場合が多いこと等による。

川端の代作問題が一般にも注目されるようになったのは、一九八九年四月一五日から五月二一日にかけて神奈川近代文学館が開催した「中里恒子展」に中里の草稿や書簡が展示されたことを受け、「朝日新聞」が川端の「乙女の港」の原作が中里であったとセンセーショナルな報道をしたことに起因する（注3）。このように取り上げられるのは、〈原作〉の言葉が示すとおり、作者と作品は強固に結びつくものであり、オリジナルを絶対視する価値観に基づくからである。それを侵す行為は倫理にもとる行為として否定的に扱われてきた。

美術の世界において、ヨーロッパのルネッサンス期にはギルドが形成され、画家たちが工房で弟子の育成のために共同制作を行ったが、時代を経るに従って個が尊重されるようになった。大正・昭和初期の文壇もまた〝文壇ギルド〟という言葉で例えられ、金銭的援助を受ける代わりに弟子たちは代作をしたのである。昭和初期の文壇において、その中心的位置にいたのが菊池寛であった。

「代作」とは〈ある人に代わって作品などを作ること。また、その作品〉（注4）であるが、研究者によってその認識は多様であり、明確に定義されていない場合が多い。〝代筆〟〝下書き〟等と表現され、〝盗用〟とする場合もある。文学作品のみならず、音楽や美術など広く芸術の世界において話題になる言葉でもあ

る。

清家雪子「月に吠えらんねえ」に収録された「番外編　スリーピングビューティー」（注５）は、川端の周辺作家を登場させ、代作問題をシュールに描く漫画である。

主人公カワバタは、脳病院を舞台にした物語を考えているので見学をさせてほしいと、アララギ先生のもとを訪れる（これは川端が脚本の一部を書いた「狂つた一頁」を暗示している）。カワバタは空室であるはずの病室に、いつもの軍人の霊が見えると言い、睡眠薬を処方してもらって帰途に着く。弟子が原稿をカワバタに見てもらっている場面で、カワバタは〈新人作家が先輩の小説の手伝いをするのは当たり前のことだよ〉と発言し、〈カン先生お持ちしました〉〈どうでしょうか〉と話す若き日の自分を回想するのである。カワバタは、夜、布団で寝ていると、枕元にセイくんとカンさんが次々に現れる。そんな症状をまた病院でアララギ先生に、〈私が仕事を手伝ったり手伝ってもらった相手ばかり〉が枕元に現れる、と説明する。アララギ先生は〈薬を変えてみますか〉と言い、バラの形をした美しい睡眠薬を処方される。すると、帰りがけに、いつもの軍服姿の凜々しい青年の霊が現れ、最後にカワバタはバラの睡眠薬を大量に飲んで死んでしまう、という内容である。

カタカナ表記の人物名は、〈アララギ先生〉は斎藤茂吉、〈セイさん〉は伊藤整、〈カンさん〉は菊池寛、名前が書かれない軍服姿の凜々しい幽霊は三島由紀夫と思われ、タイトルにもなっている「スリーピングビューティー」、つまり川端の小説「眠れる美女」は三島の代作説があり、川端の自殺の原因に三島に対する〈苦しい思い〉が絡んでいる、というストーリーを構築したと考えられる。〝バラ〟からも写真集『薔薇刑』を出した三島が連想できる。マンガの最後には参考文献として平山城児『川端康成　余白を埋める』（研文出版、二〇〇三年六月）、小谷野敦『川端康成伝　双面の人』（中央公論新社、二〇一三年五月）を挙げている。文学研究の状況も視野に入れた上でのストーリー構築は見事であるが、川端の代作疑惑に焦点を絞ったものであって、事実はもっと入り組んでいる。カワバタさんが圧力を感じているカンさんもセイさんも、代作では苦しい思いをしていたのである。

曾根博義は、中里の新聞報道のあとに伊藤整の代作について同人誌に論考を発表する（注６）。伊藤整が川端の代作をした『小説の研究』は売れに売れて増刷を重ねるが、川端が受け取った印税は最初のわずか二百円で、その後の印税は全て伊藤整に渡り、結局は川端から経済的援助を受け続けて自己嫌悪に陥り、くよくよ考え気が滅入る、ということを繰り返していたようである。手が回らなくなると瀬沼茂樹に代わりに代作を依頼し、伊藤整自身の仕事を瀬沼に依頼してもいた。瀬沼は谷川徹三の代作も引き受けており、そのことを曾根は瀬沼自身から直接聞いており、瀬沼は「日本近代文学館」に「代作」という文章を書いて告白をしている（注７）。続いて曾根は一般文芸誌に「代作の怖さ」（「海燕」一九八九年九月）を発表、川端の代作は一般的にも研究的にも注目されるようになったのである。

筆者（福田）は曾根の二つの論考を受け、菊池寛と川端の関係に言及し、川端が菊池寛の「慈悲心鳥」の代作によって経済的援助を受けていたことを明らかにした（注8）。

さらに、新たに見つかった「慈悲心鳥」の初出誌「母の友」と、川端が菊池寛の小説の下書きをしたと思われる箇所とを照合し、菊池の表現や作品傾向などを考え合わせた上で、代筆を引き受けたことは川端が通俗小説の作法を実践的に学ぶ機会でもあったと結論づけた（注9）。

片山宏行は菊池の側から代作問題について言及し、川端が代筆をした「慈悲心鳥」の時期には洋行の計画があったために執筆協力者を必要としたことや、佐藤碧子への下書き依頼についても言及、菊池が通俗小説が不得手であったこと、関東大震災以来、心身共に窮地にあったことなどを指摘した（注10）。菊池にとっての代作とは、〈金銭的援助のほか、後進育英の一つの手段として認識されている部分が大きかったと思われる〉とした。なお、片山は佐藤碧子に直接取材をしている。

川端は戦後に数多くの海外の児童文学書を主に野上彰との共訳で出しており、深澤晴美は詳細な調査により新資料を紹介しながら実態を追求した（注11）。藤田圭雄の証言により、野上のほかに菊岡久利、木村徳三、北條誠、桐村郷子、中山知子等が代筆に関わったこと、中山知子の証言で中山が「小公女」を書いたこと、巌谷大四の証言であかね書房のものは全て巌谷が書いたことなどを明らかにしている。深澤は藤田圭雄、菊岡京子、中山知子、巌谷大四に直接取材をしたほか、木村徳三、野上彰夫人、野上の秘書的役割を務めた桐村郷子、北條誠、耕治人、石浜恒夫、梅田晴夫、三島由紀夫、澤野久雄などの文学者や著作権継承者を始め多くの周辺人物に問い合わせをしている。

野上に関しては、藤田圭雄の証言で、川端が野上の手術に際して童話翻訳の印税すべてが野上に渡るよう手配し、見舞金集めや葬儀のことなどにも協力したことが分かっており、深澤は野上夫人に問い合わせたところ、「川端先生も野上も安らかに眠らせてあげて下さい」との返事があったという。

平山城児によれば（注12）、川端全集収録の「竹取物語・とりかえばや物語・堤中納言物語」が塩田良平の代筆であることを直接本人から聞いており、しかし一九九二年三月の「日本近代文学館」一二六号に掲載された「塩田良平宛川端康成書簡」により、塩田が依頼されたのは「堤中納言物語」で「竹取物語」は別の人物が担当し、川端がページ数不足なので作品を追加してほしいと塩田に依頼し、塩田が「とりかえばや物語」を追加した、ということが明らかになった。この他に「歌劇学校」が平山の母親の作であることも明かしている。

平山は、作家による代筆が研究にきたす困難などにも触れ、「あとがき」には本稿の執筆理由について〈代筆の連鎖といった現象をきちんと書きとめておきたかった〉と書いている。塩田の例は、必ずしも本人の証言どおりとは限らないという難しさも示していよう。

佐藤碧子は、文藝春秋社で菊池寛の秘書を務め、菊池や川端の代作（下書き）を多く請け負っており、川端との書簡が残されているほか、自身の著書でもそのことを明かしている（注13）。代作（下書き）が佐藤家の経済的援助になっていたことは確かであり、著書には菊池からの書簡が紹介され、菊地がどちらかというと事務的な態度であったのに対して、川端の場合は共作のような形で進めていた部分があることがわかる。なお、川端作品と佐藤碧子との関係については、森晴雄に詳細な言及がある（注14）。森は〝代作〟の語彙は使用せず、〝下書き〟とする。その他、川勝麻里が川端の代作に関する論考をまとめている（注15）。

以上、川端の代作（下書き・代筆）に言及した論考を簡単にたどった。その上で考えられるのは、状況によっていくつかに分類して把握する必要があるということだ。一つ目は川端が菊池に対して行った下書きであり、小説を通じた旧式な徒弟関係的意味合いを持った経済的援助である場合、二つ目は逆に川端が指導的立場として師弟関係にあり経済的援助の意味も持つ（中里恒子や佐藤碧子ら）場合、または（本人の承諾を得たかどうか不明な場合も含む）小説指導のみの場合、三つ目は川端が執筆には一切関与していない経済的援助のみ（伊藤整、野上彰ら）の場合である。しかし、どの場合においても、作者と代作（下書き・代筆）者とが合意のうえで成立していることを忘れてはならないだろう。行為者・依頼者どちらの態度も尊重すべきである。

『乙女の港』が文庫化された際に「解説」を担当した内田静枝は、神奈川近代文学館に保管されている中里の草稿を目にして川端の手が多く入っていることを確認し、次のように書いた。

　神奈川近代文学館には中里恒子による『乙女の港』草稿が計25枚保管されています。同館のご好意で先日それらを拝見し、現存している二人の往復書簡からも鑑みて、川端が中里の草稿にかなり手を入れていることを確認しました。もちろん、限られた数の草稿でもって全体を断ずることはできませんが、『乙女の港』は中里恒子と川端康成の才能が化学反応して誕生した美しき物語であるとの印象を持ちました。我々は、誰が作者であるかという問題に拘泥することなく、物語の世界を楽しめばよいのだと思います。（注16）

代作の問題は〝オリジナル〟が絶対で、〝作者〟は〝一人〟であるという概念が支配的にあるからこそ成立し、非難の対象にもなってきた。しかし川端にとって〝オリジナル〟の認識は曖昧であり、そこには独自の小説作法が深く根差していると考えられるのである。次節において、川端の作家としての作法や作品に対する姿勢について、いくつかの事例を出しながら考察しておきたい。結論を先走って言えば、このような姿勢こそが、川端が自作の翻案を許し、純文学からエンターテインメントへと変容することを受け入れてきた理由なのである。

（2）改稿による重層性／個と共同の意識

先述したとおり、川端は一度活字にした作品に加筆修正して別の作品として発表するということを初期の段階から行い、同一のテーマやモチーフを何度も作品化することを好んで行っている。また、複数の雑誌に発表した短篇を繋ぎ合わせて一つの作品として発表することも行っていた。具体的にどのような特色があるのかを、例を挙げながらみておきたい。

たとえば前者は、一九二一年七月に「新思潮」に発表された、自身の孤児の生い立ちをテーマに書いた「油」である。三七巻本全集にプレオリジナルとして「新思潮」に発表した「油」が収録された（注17）ことで、二度の書き換えの比較が可能になった作品で、その四年後の一九二五年一〇月には初出に大幅な加筆修正を加えて「婦人之友」に再掲載された。既に拙稿でその比較を行っているが（注18）、文語的表現は口語的表現へ、間接話法は直接話法に、作者自身に寄り添った語りから相対的な語りへといった変更や、テーマの根幹に関わるエピソードの追加やキーワードの挿入などを行いながら、フィクション化の操作がなされた。

初出「油」（一九二一年七月）から再録「油」（一九二五年一〇月）に至るまでの約四年の間には、川端の人生にとって大きな痛手となった失恋事件が起きている。「油」初出時は初恋の女性伊藤初代と結婚の約束をする直前であり、失恋後の一九二二年八月には湯ヶ島で未定稿「湯ヶ島での思ひ出」を執筆、「油」再録は初代からの一方的な婚約破棄があったあとである。

「骨拾ひ」（「文芸往来」一九四九年一〇月）は「葬式の名人」（「文芸春秋」一九二三年五月）と同様、祖父の死を扱った小品で、祖父を亡くした少年時の記録を五一歳の時に引用し、「あとがき」風の文章を追加して発表した。しかし「あとがき」は（前述した「十六歳の日記」と同様に）「あとがき」ではなく、小説の一部とすることで、時間を重層的に操作した作品となっている。

また、後者の例では、若い頃から囲碁を好んだ川端は、本因坊秀哉名人の引退碁の観戦記者に抜擢され、「東京日日新聞」・「大阪毎日新聞」に観戦記を執筆する。本因坊という世襲制であった家元制度を廃止し、近代的な選手権制へと転換する囲碁界の革新に加え、本因坊秀哉の引退という、二つの意味を担った世紀の対局に、川端は格別な覚悟を持って臨んだ。そのいわば自筆のノンフィクションをもとに小説化した作品が「名人」である。本因坊秀哉名人の死から書き始められたこの小説には深い愛着を示し、少なくとも四回の書き直しがなされている。さらに章立てに違いが生じており、四十一章稿と四十七章稿、二種類の「名人」が存在するのである（注19）。

紅野謙介は川端の代作について言及した論考の中で、「あとがき」を付す川端の行為について、〈一六歳の日記を「代作」の草稿として受け入れながら、新たなテクストを作る作家の創作行為〉があり、〈同一であるべき作者が時間的に変化し、複数の作者へと変貌する〉とし、中里恒子の草稿に手を入れる行為を〈重ね書きしていく行為そのものに、作者は創作の快楽を見出していたのではないか〉、「雪国」「山の音」「千羽鶴」など多くの短篇連作から長篇小説を構築する方法についても〈川端はたえずテクストを更新し、いったん時間的断絶をへた上で、また更新するという創作スタイル〉と指摘している（注20）。

別々の小説として発表した作品を後に一つの作品として再編成した作品は、他にも数多くあるが、川端自身は「「花のワルツ」と「雪国」」（「文学界」一九三七年三月）の中で、このような作品発表の仕方について、こういう〈失礼千万〉な発表のしかたは〈今後なるべくやめたい〉と発言しつつも、休みながら書いた事で〈面白くなつてゐる〉ところもあるし〈弱点になつてゐる〉ところもあるが、〈生命の輝きに対する、憧憬と讃美の心に外ならない〉と書いている。これこそが川端が作品に託したもの、と読み取ることもできよう。

川端の小説作法に繋がることとして別の角度から指摘しておきたいのは、女性や子供の文章をよく読み、「婦人公論」「少女の友」「赤とんぼ」等の雑誌投稿欄の選者を長年務めたことである。女性や子どもの素直な観察眼、奇をてらわない表現など、文章の本質的な部分にこだわり、誰が書くものであろうと積極的に価値を認めた。障がいをもつ人物、外国人等を偏見なく作品内に取り込むのも川端の特徴の一つである。ハンセン病患者であった北條民雄からの手紙に返事を書き、北條が送ってきた作品を読んで指導し、雑誌掲載、全集発刊に尽力したこともその一例である。

ただし、選者を務める中で、無名の投稿者の作品を自分の作品として書き直して発表したこともあり、これらも「代作」の範疇に入れて、否定的に取り上げる論考もある。しかし、そのことについては「独影自命」(注21)において、〈ここにも戦後の「紅梅」、「足袋」、「笹舟」、「蛇」の四編を加えたが、前の作品とは趣がちがふやうである。「さと」、「紅梅」、「足袋」、「笹舟」は婦人雑誌の小品投書の選外作をもとにして、私流に書き変へた〉と書き、事実を明かしている。

たとえば、川端が入選作をもとにした「五十銭銀貨」では、初出タイトルは「挿話」(「新潮」一九五六年二月号)だったものが、十二巻本全集第六巻に収録の際に改題され、初出の末尾には「(H女の手記より)」、初刊本には副題として「少女の手記より」と付されていた一文が削除されたことで、代作と判断される材料を作った例であろう。しかし、一部に書き換えた文章が挿入された程度で分量もテーマも大きく異なる作品でもあり、初出や初刊に付された一文は、作者への「断り書き」というよりは、むしろ作品を特徴づけるため、作家自身が重ね書きしたことをアピールする戦略と取ることもできる(注22)。

さらに、自分の目で見る、体験する、その土地を知るなど、深く入り込まないと作品が書けない(書かない)という作家としての特性を語ってもいる。「同人雑記」(「文学界」一九三七年九月)では、沖縄を書きたいと何度か書くが結局書かず、「旅中」(「文学界」一九三八年六月)にあるように〈或る土地を書くには、その土地を見て来たノオトや参考書では足りず、その土地に滞在しながら書くといふのでないと身の入らない私〉と言い、「散文家の季節」(「季節」一九三九年九月)では景色や季節を書くには〈実際に写生したものでないと、確かだといふ自信の持てぬ癖がある〉と書き、「満洲の本」(「文学界」一九四二年三月)では〈あわただしい旅行者の見聞記ではなく、いづれこの国にしばらくとどまつて、この国を書きたいといふのが、満州国に対する私の尊敬でもあり、愛情でもあつた〉という考えを示している。

戦争についても、先述の「同人雑記」には〈お粗末な戦争文学などを一夜作りして、恥を千載に残す勿れ〉など、戦争のことはいい加減にかけるものではないと言い、「英霊の遺文」(「東京新聞」一九四二年一二月一〇日)では〈すぐれた戦争文学、整つた戦史の一方に、出征将兵の文章の総和による戦争の記録も、国家のものとし、民族のものとして、万代にも伝へるべき〉、と書いている。川端は日中戦争時は火野葦平の芥川賞受賞時の選考委員も務め、自らも満洲や北京に真珠湾攻撃直前まで二ヶ月半ほど滞在、鹿屋の特攻基地にも報道班員として約一ヶ月滞在したが、エッセイや短篇小説に描く程度で、特攻隊を直接描いた作品は書かなかった(注23)。書けなかったといえばそれまでだが、文学作品として整えられたものではなく、直接経験している兵士たちの偽りのない記述を重んじている態度であることには違いないであろう。「月下の門」(「新潮」一九四二年一一月)でも、広島と長崎の原子爆弾を書いておきたいと痛切に思うが、広島、長崎に長期滞在して調査する余裕がない、と書いている。

一見、矛盾とも捉えられようが、その場しのぎのごまかしで済ませたくないという創作態度や小説に対する姿勢が、代作を依頼した背景にあったと推測することもできる。作家として一貫していた態度であった。

戦時中に執筆された「東海道」の主人公は、「日本の旅人」という本を書く元国語教師である。東海道は国土の道であるばかりでなく、文化の交流や衰亡に深く関わった人や事物の心の道であると捉え、古から続く人々の心の河が文学の歴史であるという文学論が提示される。このように描く川端こそが、その一筋として心の流れに加わり、日本文学の伝統と精神を引き継ぐ作家として旅にかえる願いを表明していたと考えることができる。本文中で〈本歌取り〉は〈模倣〉でも〈剽窃〉でもなく〈連想の美〉であるとも描かれ、代作・代筆・共同制作に対する感覚を含み込む伝統観、芸術観と捉えることもできよう。

川端は、自分の作品であれ他人の作品であれ、手を入れ上書きするという行為を繰り返し行ってきたが、それは純粋に〝作品〟のためであった。画家の工房での共同制作や、現代のアニメの発想や制作方法にも繋がる共同制作の感覚を、川端は様々な場面で実践してきたとも言える。川端がオリジナルを優位とせず、壮大な文学の心の流れに身を置く感覚は、間テクスト性といった問題をも含み込む形で、アダプテーションの理論にも発展的に展開していくと考えられる。

3 小説「伊豆の踊子」

(1) 小説「伊豆の踊子」成立まで

唯一の身内だった祖父が一九一四年五月二五日に死去すると、七月には母方の親戚に引き取られ、茨木中学まで汽車で通学する。一九一五年三月一日から中学の寄宿舎に入り、室員だった小笠原義人(「少年」では清野)と親しくなり、腕を抱きながら寝るようになる。川端の要求を拒むことなく優しく受け入れた小笠原との同性愛体験は、肉親のいない川端にとって心から救われるものであり、小笠原の存在がいかに重要なものであったかは、初恋の女性との失恋の痛手を抱えて湯ヶ島に行き執筆した「湯ヶ島での思ひ出」(未定稿)に書き込まれた。「湯ヶ島での思ひ出」の原稿は発見されていないが、川端が五〇歳で全集を出す際にまとめ直した「少年」で辿り直すことができる。その「湯ヶ島での思い出」の前半部分が「伊豆の踊子」のもとになっている。伊豆の旅から小説「伊豆の踊子」が成立するまでを、自伝的事柄を踏まえながら整理しておきたい。

一九一七年三月二〇日に茨木中学校を卒業した川端は、翌二一日に上京し、入学試験準備のために講習会や予備校に通う。七月に第一高等学校を受験し合格、九月一一日に入学し、翌日から寮生活を始める。翌一九一八年九月に二年に進級して一ヶ月後の一〇月三〇日、初めて伊豆を旅し、修善寺に一泊、湯ヶ島に二泊、湯ヶ野に三泊、下田に一泊する。修善寺の湯川橋付近で見かけた旅芸人一行と、天城峠を越える際に雨宿りした茶店で一緒になり、下田まで共に旅をした。以後、川端は毎年のように湯ヶ島を訪れることになる。一九一九年六月に「ちよ」を「校友会雑誌」に発表、旅芸人一行とともに旅をして踊子と知り合ったことを二四行（注24）にわたって記載した。

一九一九年四月にカフェ・エランの女給伊藤初代を知り、一九二一年一〇月に結婚の約束をするが翌月には初代から一方的に婚約破棄を告げられ、一二月末には傷心を抱えて湯ヶ島を訪れる。一九二二年四月二日から六月二五日までの日記が『補巻一』に収録されているが、折に触れ初代を思い出し、失恋をテーマに小説を書こうとするが難渋して書けずに悶々とする様子が見て取れる。夏期休暇になると同年七月二八日から八月二日頃まで湯ヶ島に滞在し、「湯ヶ島での思ひ出」（未定稿、四〇〇字詰め原稿用紙一〇七枚）を執筆する。出版されることはなかったこの作品をもとに、川端は「伊豆の踊子」と「少年」をまとめる。六枚目から四三枚目までは旅芸人と天城峠を越えて下田へ旅した思い出で、〈「伊豆の踊子」はほとんど「湯ヶ島での思ひ出」の原型のままで小説らしいものになつた〉（「少年」）と書くが、〈六枚目から四三枚目〉つまり原稿用紙三八枚分に対して現行「伊豆の踊子」の分量は約五七枚（注25）であり、〈ほとんど「湯ヶ島での思ひ出」の原型のままで小説らしいものになつた〉という表現には誇張がある。「文芸時代」二月号に「続伊豆の踊子」と同時掲載の「南伊豆行」には〈「伊豆の踊子」の続篇を書くにも、下田方面を見ておいた方がいい。二十分ばかりの間に、そそくさと準備して、一時過ぎの下田行定期乗合自動車に乗る。天城の山道を流星のやうに走る〉と書き、「一草一花―『伊豆の踊子』の作者」（「風景」一九六七年九月）には〈前半を大正十四年の十二月の初めに湯ヶ島で書き、十二月三十一日から正月の二日まで南伊豆の旅に出かけ、やはり湯ヶ島で十日ごろまでに後半を書いたのであつた〉と書いている。一方、「伊豆の踊子」から約二二年後に「人間」に掲載を開始した「少年」には清野（小笠原義人）とのことを、〈小説らしいものにならなくとも、やはり「湯ヶ島での思ひ出」の原形をなるべく生かしておいてみたい〉との思いから、〈中学時代の日記、高等学校時代の作文の手紙、大学時代の「湯ヶ島での思ひ出」、それらを「少年」のなかに集め並べて、それに五十歳の今日の言葉をいくらか添えながら結び合せてみようと〉した。つまり、「湯ヶ島での思ひ出」に書かれた清野少年との記述については「少年」によってほぼ復元可能であるが（注26）、「伊豆の踊子」については〈原型のままで小説らしいものになつた〉との発言に従うしかなく、原形がどのようであったかは確認できない。「少年」に記述された「伊豆の踊子」に関する二箇所の記述のほか、「篝火」（「新小説」一九二四年三月）の初出に記載された踊子が共同浴場から裸で叫ぶ場面（注27）と、先述した「ちよ」に描かれた旅芸人一行と旅をして踊子と知り合ったこと、随筆では「湯ヶ島温泉」（「文芸春秋」一九二五年三月）に湯本館で見かけ下田まで道連れにしてもらったこと等が、「伊豆の踊子」発表以前に書かれたものである。

「湯ヶ島での思ひ出」が書かれるまでの数年は、清野との関係（文通や寄宿舎、実家の京都嵯峨への訪問など）と並行して伊藤初代との交際、失恋事件があった。失恋の痛手は長く続き、作品化も試みるがうまく行かず、失恋の原因を自身の虚弱体質と孤児の境遇からくる心的欠陥にあったと考えるようになる。中学時代においては、川端の心の隙間を埋めてくれる存在は清野少年だったことは日記や書簡から明らかであり、清野少年との思い出を振り返ることが癒しに繋がったと考えられる。旅芸人たちと伊豆を旅し、踊子たちに〈いい人ね〉と言われ他人の好意を素直に受け入れられた明るい思い出に続けて、救いを感じていた清野少年との思い出を辿り直しながら書くことで、失恋の痛手を乗り越えようとしたと考えられる。

一九二三年五月「会葬の名人」（のち「葬式の名人」）を発表後、「孤児の感情」（一九二五年二月）、「十七歳の日記」（一九二五年八〜九月）、再録「油」（一九二五年一〇月）と、自伝的作品を立て続けに発表する。一九二六（大正一五）年九月「大黒像と駕籠」には〈その恋愛を失つた原因が、自分に粘りついてゐる厭なもののせゐだと思つたからだつた。自分の境遇から来てゐる心の欠陥に触れるのが苦しかつたからだつた〉と書いた。一九二六年二六歳の時に「文芸時代」一月号に「伊豆の踊子」、二月号に「続伊豆の踊子」を発表し、一九二七（昭和二）年、金星堂から『伊豆の踊子』が刊行された。

その後、五〇歳の区切りの歳に全集を刊行するにあたって、作品を整理、旧稿「湯ヶ島での思い出」などを引用しながら、自伝風にまとめたものを「少年」として発表するのである。「湯ヶ島での思ひ出」の前半約三分の一は「伊豆の踊子」、三分の二が清野少年との記述で圧倒的に清野との思い出が多くを占めている。なお、二〇二二年四月、川端康成没後五〇年を記念して新潮社より初めて文庫版『少年』が刊行され、宇能鴻一郎のエッセイ「川端康成の少年愛」が付された。

（2）小説「伊豆の踊子」の柔軟性と強度

「湯ヶ島での思ひ出」の前半部分に書かれたものが原「伊豆の踊子」だとして、それがどのように書き直されたのか、「湯ヶ島での思ひ出」を確認することができない現時点では、「篝火」初出や「ちよ」に書かれた部分、あるいは「湯ヶ島温泉」・「南伊豆行」などの作品を参考にする以外に、直接的な比較はできない。確実に言えることは、（川端の記録を信用すれば）四〇〇字詰原稿用紙三八枚分が約五七枚に増えたこと、つまり前章で触れた自作の書き換えが原「伊豆の踊子」の執筆四年後に「伊豆の踊子」においても行われたこと、さらに後半（五〜七）を書くにあたっては南伊豆を旅することによって上書きされたらしいこと、言い換えれば「伊豆の踊子」の最初のアダプテーションを行ったのは作者自身ということにもなる（ただし、「湯ヶ島での思ひ出」

は未定稿、未公開であるので、「油」や「十六歳の日記」等とはニュアンスが異なる）。原「伊豆の踊子」はさておき、現行の「伊豆の踊子」がどのような作品なのか、触れておきたい。

　道がつづら折りになつて、いよいよ天城峠に近づいたと思ふ頃、雨脚が杉の密林を白く染めながら、すさまじい早さで麓から私を追つて来た。私は二十歳、高等学校の制帽をかぶり、紺飛白の着物に袴をはき、学生カバンを肩にかけていた。一人伊豆の旅に出てから四日目のことだつた。修善寺温泉に一夜泊り、湯ヶ島温泉に二夜泊り、そして朴歯の高下駄で天城を登つて来たのだつた。

二十歳の一高生〈私〉を主人公に、〈私〉の視点で書き進められる一人称小説である。天城の私《わたくし》雨《あめ》に追われて峠の茶店で雨宿りした〈私〉は、茶店を出たあと旅芸人たちと道連れになり、湯ヶ野に三泊、下田で一泊し、旅芸人一行と別れて東京に帰る船の中までが描かれる。旅をする〈私〉とそれを物語る語り手の〈私〉とは同一人物であり、語り手は〈私〉以外の登場人物の内面を直接語ることはせず、登場人物に寄り添う形で内面描写がなされる。また、語り手の〈私〉は、旅を終えた時点から二十歳の〈私〉を振り返って語っているはずであるが、作中人物の〈私〉とともに物語時間内にいるかのように存在し、再構成された物語なのである。当然ながら、語り手の〈私〉は作者川端ではない。

　物語は旅に出てから四日目から始まり、時間を遡る形で、修善寺温泉に一泊、湯ヶ島に二泊し、そこで既に踊子たちを見かけていた〈私〉は天城峠で出会うことを期待して向かい、予感が的中したことが明かされる。私は途中、〈振り返り振り返り（踊り子たちを―注筆者）眺めて、旅情が自分の身についた〉と感じてもいた。踊子の〈稗史的な娘の絵姿〉のような髪型に惹かれた〈私〉は踊子は一七くらいと思い込み、また峠の茶屋の婆さんの〈あんな者、どこで泊るやら分るものでございますか、旦那様。お客があればあり次第、どこにだつて泊るんでございますよ。今夜の宿のあてなんぞございますものか〉という侮蔑的な言葉によって感情を煽られ、〈私〉は踊子に対して成熟した女性であるという思い違いを深めて行く。しかし、踊子は湯ヶ野の木賃宿では緊張のあまり〈私〉の目の前でお茶をこぼし、共同浴場からは裸で手を振るなど、実は汚れのない純粋な子供であることを実感し、踊子の兄・栄吉から踊子が一四歳だと知らされる。〈自分の性質が孤児根性で歪んでいると厳しい反省を重ね、その息苦しい憂鬱に堪え切れないで伊豆の旅に出〉た〈私〉は、下田に向かう道中で踊子たちに〈いい人ね〉と〈開けつ放しな響き〉を持つ〈感情の傾きをぽいと幼く投げ出して見せた声〉で言われ、〈私自身にも自分をいい人だと素直に感じることが出来た〉。村の入口にはところどころで〈物乞い旅芸人村に入るべからず〉の立札が立っているのを目にした。下田に着いたら活動写真に連れて行ってほしいと踊子に言われていたが、義母が許さなかった。東京に帰る朝、港には栄吉と、遅れて踊子が見送りに来た。船に乗り込もうとすると、息子夫婦を流行性感冒で亡くし残された孫三人を連れた老婆を上野駅の電車に乗せてやってほしいと土方風の男に頼まれ、快く引き受けた。船に乗り込んだあと、船室で受験生の少年に話しかけられ、泣いているのを見られても平気だった。少年の学生マントの中にもぐり込み、〈どんなに親切にされても、それを大変自然に受け入れられるやうな美しい空虚な気持ち〉になり、〈何もかもが一つに融け合つて感じられ〉、〈頭が澄んだ水になつてしまつていて、それがぽろぽろ零れ、その後には何も残らないやうな甘い快さ〉を感じたところで物語が閉じられる。

〈私〉が過去に経験した伊豆の旅を回想する物語であり、さしたる事件も起きない起伏のない物語展開に加え、一つ一つの物事に深く入り込んだ説明がなされずに淡々と〈私〉の視点で物語が紡がれていくことで、意味が不明瞭で明確な答えが求めにくい部分があるのは否めない。もちろん、作品の外側には〈私〉や語り手の操作が可能な作者が存在しており、多くを語らない川端の作風の特色がある。たとえば、〈孤児根性〉がいかなるものなのか、旅芸人の立札を〈私〉はどう捉えたのか、〈私〉は踊子をどのように捉えていたのか、なぜ〈踊子〉は〈薫〉と呼ばれず最後まで〈踊子〉のままなのか、最終的に〈私〉は〈孤児根性〉から脱却できたのか等、明確には語られない。しかし裏を返せば、読み手の解釈や想像力に委ねられているのであり、その柔軟性こそが多様なアダプテーションを可能にしているとも考えられ、「伊豆の踊子」というテクストが持つ強みと捉えることもできる。

研究面から言えば、実に多様な論点が示され、多角的に研究が展開されてきた。全集や文庫本の「あとがき」を含む川端自身の言及が多いことも、解釈を複雑化させてきた一つの要因である（注28）。研究の足跡は、「「伊豆の踊子」研究小史」（林武志『川端康成作品研究史』教育出版センター、一九八四年）、原善編『近代文学作品論集成6　川端康成『伊豆の踊子』作品論集』（クレス出版、二〇〇一年一月）、山田吉郎「伊豆の踊子」（鈴木伸一・山田吉郎編『川端康成作品論集成　第一巻――招魂祭一景・伊豆の踊子――』おうふう、二〇〇九年一一月）等から辿ることができる。伊豆と川端康成に限定した川端康成研究会編『伊豆と川端文学事典』（勉誠出版、一九九九年六月）の存在もある。山田が〈「伊豆の踊子」研究の歴史は、ある意味で近代文学研究の方法論の変遷を濃く反映している〉（注29）と指摘するように、初期の印象批評的な論考から、作品の成立を言及する生成論、川端の生い立ちや恋愛体験、同性愛体験などを踏まえた作家論、モデルや足取りを追求した実証研究、作品の背景や社会問題など差別や性差に注目した言及、作品内部に注目した構造分析や語り論など、実に多様な視点から厖大な研究が蓄積されてきた。このような多角的な研究がなされてきた要因は、作品成立に作家自身の生い立ちや様々な体験が関わっていること、多くの自伝的作品に登場する〈孤児根性〉がキーワードになっていること、性差や階級差などを含む社会問題や時代背景が反映されていること、〈私〉の語りが重層的であること等、多様な論点を内包した作品であることにある。

発表当時はさほど目立たず、必ずしも評価が高かったわけではない「伊豆の踊子」は、時間の経過とともに、川端の代表作というだけでなく、日本の名作として成長していく。戦後日本の復興や高度経済成長期後の技術の進歩とともにメディア文化が発展を遂げ、「伊豆の踊子」はラジオや映画、テレビ等の素材として使用されてきたことに加え、文学全集や文庫本の刊行、国語教科書への採用、リバイバルブームに乗じた相次ぐ再映画化等により、伊豆の温泉地を舞台にした青春ものといった作品の性質が人々の郷愁を誘うと同時にツーリズムとも結びつきながら、「伊豆の踊子」を〝名作〟に成長させた（注30）。一九六八年に川端が日本人初のノーベル文学賞を受賞したことが多方面に影響を及ぼしたことは言うまでもない。

　日本国有鉄道は一九七〇年に万博終了後の個人旅行客拡大を狙った〝ディスカバージャパン〟キャンペーンを開始した。広告・マーケティングの委託を受けた電通プロデューサー藤岡和賀夫によれば、その副題にしたのが〝美しい日本と私〟で、川端のノーベル文学賞受賞記念講演のタイトル「美しい日本の私」と一字違いであることから、藤岡は川端家に許可を取りに行ったところ川端は快諾、半紙に揮毫をしてくれたという（注31）。

　一九八一年には東京から伊豆半島を走る特急列車の名称が一般公募によって川端の「伊豆の踊子」に因んで「踊り子号」と名付けられ、現在も運行中である。

　社会や時代の流れに伴う変化を縦軸と捉えれば、作品がどのような広がりをもって受け入れられたのかという横軸の考察もまた必要である。その横軸には同じ作品が様々なジャンルに形を変えるアダプテーションが位置しよう。「伊豆の踊子」のアダプテーションは、九〇年前、一九三三年の五所平之助監督による映画化から始まった。戦争を挟んで再び「伊豆の踊子」がアダプテーションされるのは戦後のラジオドラマであり、再映画化、舞台、テレビドラマへと続いていく。

　「伊豆の踊子」のアダプテーションにおいて、活字や映像に加えてラジオの存在があったことも忘れてはなるまい。戦後は特に、情報源であると同時に娯楽としても大事な役割を担っており、一九五一年の民間放送開始以降、「伊豆の踊子」はＮＨＫ以外の民放局からも一流の脚本家や俳優が担当するラジオ小説（＝ラジオ劇、ラジオドラマ）として放送されていた。活字や映像とともに、ラジオ放送が国民への認知度を高めるために果たした役割も大きかったはずである。

　第１章においては、川端康成のアダプテーションや「伊豆の踊子」を考えるうえで前提となる事柄について、川端側から記してきた。次章以降においては、「伊豆の踊子」が具体的にどのようにアダプテーションされたのか、作品に寄り添う形で映画・演劇を中心に見ていくことにする。

注１　「十六歳の日記」の「あとがきの二」に次のような記載がある。〈「中学校の作文用紙に三十枚ほど書いてある。」といふ枚数も現在では正確なことは分からない。二十七歳で写し取つた時に、十六歳の時の原文は破つて棄てたからである。／ところが、こんど全集を編集するにつけて、これらの古い日記類などもひつぱり出してゐると、「十六歳の日記」が二枚見つかつた。（中略）日附はないが、前の続きにはちがひないので、とにかく一応ここに写し取つておくことにした。さうしてこの二枚も破つて棄てる。〉とある。

注２　「十六歳の日記」の研究状況については、深澤晴美が「「十六歳の日記」研究文献目録」・「「十六歳の日記」研究史」（『川端康成作品論集成 第五巻―十六歳の日記・名人』おうふう、二〇一〇年九月）をまとめているので参照されたい。

注3　「川端康成の少女小説「乙女の港」　中里恒子〝原作〟だった」（「朝日新聞」一九八九年五月一九日）

注4　『日本国語大辞典　第二版』（小学館、二〇〇二年）

注5　『アフタヌーンKC　月に吠えらんねえ8』（小学館、二〇一八年二月）。「月に吠えらんねえ」は、「月刊アフタヌーン」（講談社）に二〇一三・一一～二〇一九・九まで連載、その後『アフタヌーンKC　月に吠えらんねえ』全11巻（二〇一四・四～二〇一九・九）に収録。萩原朔太郎を主人公に、近代作家作品からイメージされたキャラクターたちが登場するマンガ作品。第二〇回文化庁メディア芸術祭（文化庁メディア芸術祭実行委員会主催）マンガ部門 新人賞を受賞。

注6　曾根博義「川端康成『小説の研究』の代作者」（「遡河」一九八九年八月、のち『伊藤整とモダニズムの時代――文学の内包と外延』花鳥社、二〇二一年二月 所収）

注7　瀬沼茂樹「代作」（「日本近代文学館」五五、一九八〇年五月）。〈代作は戦前までは珍しくなく、近頃でも耳にするが、真偽は明かでない。僕も伊藤整も代作で生計をしのいだことがある。もう三十数年以上も昔のことだから、後のために一部告白して、研究者の警戒を喚起しておこう。私は吹田順助、杉山平助、谷川徹三、川端康成、伊藤整たちの論文の代作をしたし、翻訳の代行もした〉とある。

注8　拙稿「菊池寛「慈悲心鳥」と川端康成―代作問題をめぐって」（「文芸空間」一九九二年四月、のち『川端康成をめぐるアダプテーションの展開―小説・映画・オペラ』二〇一八年三月、フィルムアート社 所収）

注9　「川端康成における文学活動始動期の考察――菊池寛との関係から」（「国文学　解釈と鑑賞」二〇一〇年六月、のち『川端康成をめぐるアダプテーションの展開　小説・映画・オペラ』二〇一八年三月、フィルムアート社　所収）。

注10　片山宏行「菊池寛ノート―代作問題について―」（「青山語文」24 一九九四年三月、のち『菊池寛の航跡　初期文学精神の展開』和泉書院、一九九七年九月 所収）

注11　深澤晴美「「川端訳」童話について―そのリストと実際―一、（二）」（「和洋九段中学校・高等学校紀要」一九九五年三月、一九九六年三月）

注12　平山城児『川端康成　余白を埋める』（研文出版、二〇〇三年六月）

注13　『人間・菊池寛』（新潮社、一九六一年三月）、『瀧の音』（白川書院、一九八〇年一二月）など。

注14　森晴雄「川端康成『川のある下町の話』の舞台・西小山年立会川―佐藤碧子・N町・S病院など」（「別冊　春隣り」二〇二〇年一月、のち『川端康成と佐藤碧子　『川のある下町の話』の舞台・西小山、立会川など　六作品』龍書房、二〇二〇年一二月 所収）

注15　川勝麻里「川端康成「コスモスの友」は中里恒子代作か―川端『純粋の声』の感想文草稿を手掛かりに」（明海大学教養論文集 明海大学教養論文集(20)、二〇〇九年一二月）、「映画『狂った一頁』における代作と『最後の人』―川端康成の未発見シナリオ『狂へる聖』との断絶について（「叙説」二〇一一年九月）、「川端康成の代作者・中里恒子は、堀辰雄の代作者か？」（埼玉学園大学紀要・人間学部篇15、二〇一五年一二月）

注16　『乙女の港　少女の友コレクション』（実業之日本社文庫、二〇一一年一〇月）三二三頁

注17　『川端康成全集　第二四巻』（新潮社、一九八二年一〇月）

注18　「川端康成「油」論」（『川端文学への視界11』教育出版センター、一九九六年六月、のち『川端康成をめぐるアダプテーションの展開―小説・映画・オペラ』二〇一八年三月、フィルムアート社 所収）

注19　拙稿「「本因坊名人引退碁観戦記」から小説『名人』へ―川端康成と戦時下における新聞のメディア戦略」（「学苑」人間社会学部紀要九〇四号、昭和女子大学近代文化研究所、二〇一六年二月、のち『川端康成をめぐるアダプテーションの展開―小説・映画・オペラ』二〇一八年三月、フィルムアート社 所収）

注20　紅野謙介「代作と文学の共同性」（『川端康成スタディーズ　21世紀に読み継ぐために』笠間書院、二〇一六年一二月）を参照されたい。

注21　「独影自命」十一（『川端康成全集　第三三巻』新潮社、一九八二年五月）四七四頁

注22　「五十銭銀貨」に関する論考に、森晴雄「川端康成「五十銭銀貨」論」（「芸術至上主義文芸」一九八九年一一月、のち「「五十銭銀貨」―平島愛子「特賣場」

に触れつつ」、のち『川端康成『掌の小説』論―「心中」その他』一九九七年四月所収）がある。

注23　満洲、北京等には一九三一年四月二日～五月一六日、一九三二年九月七日～一一月三〇日まで滞在。鹿屋海軍航空隊特攻基地には一九四五年四月二五日～五月二四日まで滞在した。談話の形で「霹靂の如き一瞬　敵艦たゞ死のみ　川端康成氏〝神雷兵器〟語る」（「朝日新聞」一九四五年六月一日）、エッセイでは「敗戦の頃」（「新潮」一九五五年八月）、戦後に女性が特攻隊員を回想する形で描いた小説「生命の樹」（「婦人文庫」一九四六年七月）等がある。

注24　『川端康成全集　第二十一巻』（新潮社、一九八四年六月）一六～一七頁

注25　『川端康成全集　第十巻』（新潮社、一九八〇年四月）で、一行43字×全530行÷400字で算出。林武志は六〇枚としている（『川端康成研究』桜楓社一九七六年五月）九〇頁

注26　「少年」における清野に関する記述については、林武志（『川端康成研究』桜楓社、一九七六年五月）・長谷川泉（『川端康成論考　増補三訂版』明治書院、一九八四年五月）、片山倫太郎（『川端康成　官能と宗教を志向する認識と言語』叡知の海出版、二〇一九年二月）が原作に近い形に復元し、考察している。

注27　一六巻本『川端康成全集　第一巻』（新潮社、一九四八年五月）に収録される際に削除された。三七巻本『川端康成全集　第二巻』（新潮社、一九八〇年一〇月）「解題」に削除部分が掲載されている。

注28　前節「（1）小説「伊豆の踊子」成立まで」で触れた作品のほか、「「伊豆の踊子」の装幀その他」（「文芸時代」一九二七年五月）、「「伊豆の踊子」の映画化に際し」（「今日の文学」一九三三年四月）、「処女作を書いた頃」（「新女苑」一九三八年六月）、「「伊豆の踊子」の作者」（「風景」一九六七年五月～一九六八年一一月）など多数。

注29　『川端康成作品論集成　第一巻―招魂祭一景・伊豆の踊子―』おうふう、二〇〇九年一一月

注30　十重田裕一「つくられる「日本」の作家の肖像――高度経済成長期の川端康成」（「文学」二〇〇四年一一月）、『NHKカルチャーラジオ 文学の世界「名作」はつくられる 川端康成とその作品』（NHK出版、二〇〇九年七月）、『川端康成　孤独を駆ける』（岩波新書、二〇二三年二月）が詳述している。

注31　藤岡和賀夫『ディスカバージャパン　華麗なる出発』（毎日選書　毎日新聞社、一九七二年四月）、注目記事「ディスカバー・ジャパン」の衝撃、再び。「VOICE +」新井満（作家）、藤岡和賀夫（プロデューサー）二〇一〇年一二月二日―二六日　https://shuchi.php.co.jp/article/123　二〇二四年一月二八日最終閲覧等を参照。

第2章 「伊豆の踊子」の映画化をめぐって

1.「伊豆の踊子」の映画化

「伊豆の踊子」については、川端康成原作とクレジットされたものに限れば六回の映画化があり、現在のところ三作目の鰐淵晴子主演作品を除く五作品がＤＶＤで視聴可能である。

六回の映画化は、次のとおりである。

『戀の花咲く 伊豆の踊子』 一九三三年二月二日公開 九四分
松竹蒲田 白黒・サイレント 監督：五所平之助、増補・脚色：伏見晁 主演：田中絹代・大日方伝

『伊豆の踊子』 一九五四年三月三一日公開 九八分 松竹大船
白黒 監督：野村芳太郎、脚本：伏見晁 主演：美空ひばり、石濱朗

『伊豆の踊子』 一九六〇年五月一三日公開 八七分 松竹大船
カラー 監督：川頭義郎、脚色：田中澄江 主演：鰐淵晴子、津川雅彦

『伊豆の踊子』 一九六三年六月二日公開 八七分 日活
カラー 監督：西河克己、脚本：三木克巳（＝井手俊郎）、西河克己 主演：吉永小百合、高橋英樹

『伊豆の踊子』 一九六七年二月二五日公開 八六分 東宝
カラー 監督：恩地日出夫、脚本：井手俊郎、恩地日出夫
主演：内藤洋子、黒沢年男

『伊豆の踊子』 一九七四年一二月二八日公開 八〇分
東宝・ホリプロ カラー 監督：西河克己、脚本：若杉光夫
主演：山口百恵、三浦友和

「伊豆の踊子」の映画化に関する論考としては、映画監督の立場から六作品全てに言及した西河克己『「伊豆の踊子」物語』（一九九四年七月、フィルムアート社）、四方田犬彦「『伊豆の踊子』映画化の諸相」（坂井セシル他編『川端康成スタディーズ 21世紀に読み継ぐために』二〇一六年一二月、笠間書院）、原作と五所平之助監督『戀の花咲く 伊豆の踊子』について論じた田村充正「二つの「伊豆の踊子」——翻案（アダプテーション）としての映画」（今野喜和人編『翻訳とアダプテーションの倫理——ジャンルとメディアを越えて』二〇一九年二月、春風社）などがある。しかし、六作品それぞれの映画についての詳細な研究はあまり進んでいないのが現状である。

西河克己は、川端作品では『伊豆の踊子』四作目と六作目の

他に『東京の人』・『風のある道』の合計四作品を制作した。読書家で小説家を目指したこともある西河は、一五歳の時に五所版『戀の花咲く　伊豆の踊子』を観ており、同じ頃に小説「伊豆の踊子」を読み、特段興味を引くこともない軽い小説だと受け止めていたという。一九六三年に「伊豆の踊子」の映画化の企画が持ち上がった際にも、過去に三回も作られたものを今さら何も、という気持ちだったが、作品を読み直し、周辺作品を読んでいくうちに、川端康成という作家の深さに魅せられ、強い製作意欲をもって映画化に向かったと書いている。

西河が初めて川端原作映画を監督したのは、新聞三紙（「北海道新聞」「中日新聞」「西日本新聞」）に連載中だった『東京の人』（一九五六年）である。シナリオを書くために鎌倉の川端邸を訪れて、結末がどうなるのかを尋ねたところ〈それはあなたの方で勝手に作ってください。私はそれを真似て書きますから。その方が私も楽ですからね〉との返事を得た。また西河が主題歌を入れることを発案するとプロデューサーは躊躇したが、川端は難なく諒解したという。このことから西河は、〈川端さんは小説と映画は次元のちがうものだという考えをもっている人だと感じました。映画の出来具合に責任なんかもてないという意味も含んでいるように思いました〉と受け止めている。二度目は「毎日新聞」連載の『風のある道』で、プロデューサーとともに軽井沢の別荘に打ち合わせに行ったところ、やはり〈すべておまかせで、私は、出演予定の三人の女優についての説明をしただけだった〉という。

川端はアダプテーションに対して抵抗を感じなかった作家であり、文字で表現される文学とは全く別の表現媒体として映画を捉えていたことは、映画に対する川端自身の言及が物語っている。また、文芸映画が多く作られた時期には、製作に対しても積極的に発言し、撮影現場にも足を運び、監督や出演者と懇談する写真も多く残されている。映画『日も月も』（一九六九年一月）では電車の乗客として出演もしていた。

川端康成原作小説として映画化された「伊豆の踊子」がどのように翻案されたのか、映画としてどのように評価できるのか、基本情報や成立事情等を整理しながら、五所平之助監督、野村芳太郎監督、川頭義郎監督の三作品について見ていくことにする。

2．映画三作品の比較と考察

（1）一九三三年二月　五所平之助監督・伏見晁増補・脚色『戀の花咲く　伊豆の踊子』

［1］あらすじ

大学の試験休みを利用して伊豆の旅に出ていた水原は、「物乞い旅芸人村へ入るべからず」の立札を倒した濡れ衣を着せられた旅芸人一行を助け、彼らと共に下田への旅をすることになる。大島に家を持つ旅芸人の栄吉は、かつては湯ヶ野の温泉旅館湯川楼の息子だったが、栄吉の道楽のために湯川楼は人手に渡り、妹の薫たちと旅芸人となった。鉱山技師の久保田は、湯川楼が持つ土地で金鉱が当たり繁盛しているのは自分のお陰だから褒美を出せと湯川楼で金を強請る一方で、栄吉には湯川楼主人は金鉱が当たることを事前に知っていて安く買い取ったのだと嘘を吹き込んだ。憤った栄吉は湯川楼の主人に談判に行くと、金が欲しいなら薫を連れて来いと言われ、内芸者にするつもりだと勘違いする。栄吉は薫に湯川楼で芸者になってくれと懇願するが、薫は拒否し、水原と東京に行きたいと言う。それを聞いた水原は湯川楼の主人に抗議をするが、主人は栄吉が更生することを願って敢えて厳しい態度を取り、薫名義の貯金があることと、薫を息子の嫁にしたいと考えていることを聞かされ、主人がいかに親身に栄吉たちの将来を考えているかを知り、水原は薫への失恋を自覚する。下田に到着すると間もなく水原は東京に帰ることを栄吉と薫に告げ、港で薫に湯川楼の主人の真意を話し、二人はお互いの恋心を涙ながらに伝え合い、櫛とシャープペンシルを交換する。やがて水原は船に乗り込み、薫は手を振りながら波止場を走って船を追いかけ、いつまでも見送るのだった。

［2］五所版『伊豆の踊子』成立まで

「伊豆の踊子」映画化第一作目『戀の花咲く　伊豆の踊子』を監督した五所平之助の著書『わが青春』によれば（注1）、五所は学校帰りに神田神保町の古本屋通いをする読書好きな少年で、芸能に造詣が深い家族の影響で芝居や寄席に通い、映画館にも頻繁に足を運んだという。俳句に打ち込み、小説家や小学校の教員を志したこともある文学志望の青年だったが、実家が商家だったこともあり慶應義塾商工学校に進学、卒業後は軍隊経験ののち、家族の反対を押し切って一九二三年松竹キネマに入社、蒲田撮影所で島津保次郎の監督助手に、一九二五年に監督となった。第一作『南島の春』は藤森成吉原作小説からヒントを得た、伊豆大島に遊びに来た大学生と島の娘とのラブロマンスだった。第六作の一九二六年北村小松原作・脚本『街の人々』で、京都下鴨撮影所から移籍してきた田中絹代との初仕事をする。この後、田中は一九五七年『黄色いからす』（ゴールデングローブ賞外国語映画賞受賞）まで三一年間にわたって五所の二三作品に出演しており、〈初めての出会いから田中絹代が『伊豆の踊子』にまで成長していく歳月が、また私の華やかな映画の青春時代〉、〈監督とスターの余り例のない珍しいコンビ〉と述懐している。五所は、天城山中の村と下田街道を舞台にした馬車屋の物語『寂しき乱暴者』（一九二七年二月）や、五所の代表作となる『村の花嫁』（一九二八年一月）のロケ地は西伊豆、（『恥しい夢』も『村の花嫁』も、のちに『戀の花咲く　伊豆の踊子』を書く伏見晁が脚本を担当）、戦後封切第一作『伊豆の娘たち』（一九四五年八月）でも伊豆の大衆食堂が舞台であり、松竹は伊豆ロケを多く行い、五所自身も戦災で焼け出されて伊豆長岡に移り住み、晩年は三島に住むなど、伊豆はお気に入りの場所でもあった。

五所は一九六四年から一九八〇年まで日本映画監督協会理事長を務めていたが、同じ時期に同協会の専務理事を務め二本の『伊豆の踊子』を撮った西河克己は、五所から『戀の花咲く　伊豆の踊子』撮影当時の話を聞く機会を得た。横光や川端らによる新感覚派運動には当時の若い映画監督も注目し、五所も川端シナリオによる『狂つた一頁』（一九二六年九月公開、キネマ旬報ベストテン大正一五年度「日本映画」第四位）には強い関心を持っていたという（『「伊豆の踊子」物語』）。五所は学生時代から『狂つた一頁』の主人公を演じた井上正夫を敬愛しており、井上が提唱した中間演劇（新派の大衆性と新劇の芸術性との中間を意味する）や連鎖劇（活動写真の上映と俳優による実演を交互に行う）を見ていた。演劇界の改革を目指し孤軍奮闘するその井上正夫が主演する前衛映画『狂つた一頁』、しかもシナリオを担当するのは旧来の自然主義や写実主義とは異なる革新的な文学観を標榜する自分と同世代の作家たち（五所は川端の三歳下）である。一九二五年に監督に就任して映画を撮り始めたばかりの五所が注目したのも当然だったと言えよう。『狂つた一頁』の二年後に、五所は井上正夫主演でラストを連鎖劇にした『人の世の姿』（一九二八年）を撮っている。このように五所と川端を並べて見ると、関東大震災からの復興期と相俟って、新旧交代の狭間で新しい芸術を目指す闘志に燃えた同十であったと言える。

のちにアヴァンギャルド映画として高い評価を受けることになる『狂つた一頁』は、一九二五年に横光利一の「日輪」を監督した衣笠貞之助が横光に脚本を依頼したものだったが、病気の妻の看病で多忙な横光は代わりに川端に依頼する。川端は断片的なメモを渡したまま遅れて京都での撮影に立ち会い、言語化したシナリオ「狂つた一頁」を「映画時代」創刊号（一九二六年七月）に、映画公開に先立って発表する。この映画経験が後の川端の小説作法に大きな影響を与えたことは十重田裕一が既に指摘するところでもあり（注2）、アーロン・ジェローにも詳細な研究がある（注3）。映像と言語による表現について考えを巡らしたことは確かな経験として、川端のその後の創作に影響を与えただけでなく、自作のアダプテーションに対して柔軟に対応する素地を作ったと考えられる。この経験を活かして書かれた短篇に「婚礼と葬礼」（「新小説」一九二六年七月）、「笑はぬ男」（「アサヒグラフ」一九二七年九月一四日）等があるほか（注4）、撮影日記や随筆も複数残している。

「狂つた一頁」の半年ほど前に、川端は一九二六年一月号「文芸時代」に「伊豆の踊子」の前半を、二月号に後半を「続伊豆の踊子」として発表する。「続伊豆の踊子」と同じ誌面に掲載した随筆「南伊豆行」では、「伊豆の踊子」の続篇を書くために下田方面を見ておいた方がよいと思い立ち、一九二五年一二月三一日から翌年一月三日まで乗合自動車で天城峠を越え、下田に行った時のことを記している。一九二七年三月には単行本『伊豆の踊子』を刊行する。五所による『戀の花咲く　伊豆の踊子』の映画化は小説発表から約七年後、川端が伊豆旅行をしてから一四年以上あとであり、五所にとっては監督五一作目、ベテラン監督になっていた。一方、当時の川端は、レビューやバレエに傾倒して多数の舞踊関係作品を書き、新聞小説「化粧と口笛」（「東京朝日新聞」一九三二年九月二〇日～一一月一〇日）を連載し、「禽獣」（一九三三年七月）等を発表、「新潮」等で文芸時評も担当するなど、作家として勢いに乗っていた時期であった。

小説「伊豆の踊子」は、伊豆・温泉地・旅芸人・踊子・身分違い・港での別れ…といった、当時流行したメロドラマ的要素を存分に含みながらも、伊豆の自然を背景に、〈孤児根性〉からの脱却を目的として淡々と旅をする〈私〉を描いた一人称小説であり、これといった事件も起きずに旅の抒情の中に幕を閉じる。

「伊豆の踊子」に対する同時代評が少ない中、短篇集『伊豆の踊子』(一九二七年三月)が刊行された直後、伊藤永之介は「七月の感想(中)」(「読売新聞」一九二七年七月一一日)において、『伊豆の踊子』に〈深さ〉を見出し、川端を新進作家の中で珍しくも深さのある作家だと述べ、日本人の伝統的な感覚を無視した自由な感覚で生活を掘り下げ、作品の美しさはその感覚の清浄さから来ている、作品の雰囲気は夜明けの空気のように清らかで、ロマンチックな香気を発散する近代人の感覚と殉情との混合酒、と評している。

この小説から旧来の自然主義文学とは異なる近代的な感覚と抒情性を感じ取った五所は、〈はじめて読んだ時からぜひ映画化したいものだと希望していた〉と述べている。この思いこそが、この後に続く「伊豆の踊子」の映画化を促し、川端康成の名を大衆に知らしめていく原動力になったと言っても過言ではない。しかし〈当時の映画界の状況では「伊豆の踊子」のような純文学のものは映画化には絶対不適当だといわれ〉、〝物語のための物語〟がない〈伊豆の踊子のような淡い抒情詩的な作品は興行価値が希薄で、シナリオもなかなかむずかしい〉とされたが、〈たまたまわたしに会社を十分よろこばせるような仕事が何本かつづいた。その代価ともいうようなことで「伊豆の踊子」の映画化が実現する時機に恵まれたのである〉と書いている(注5)。五所へのインタビュー(注6)でもまた、「伊豆の踊子」は〈前々からやりたい素材でした。機が熟してきたということと、「花嫁の寝言」が当たったので、会社もやらせてくれたのですね。これはサイレントです。トーキーはまだ同時録音で大変だということと、お金がかかるということとで。その代り、ふんだんに伊豆ロケをやらせてもらいました。営業部から見れば、川端さんの純文学の、あの、たんたんたる物語は受けっこないと思うでしょうが、城戸さんが、がんばらせてくれました〉と述べている。また、音声資料(注7)では『天国に結ぶ恋』(一九三二年六月)が当たったので見返りに「伊豆の踊子」を撮らせてくれたとも語っている。

この頃の社会背景と映画史を振り返ると、一九二三年には関東大震災で東京は壊滅状態になり、一九二五年四月に治安維持法が成立、一九二九年にはアメリカに端を発する世界恐慌、一九三一年には柳条湖事件から満州事変に発展し、映画公開と同時期の一九三三年二月には日本の国際連盟脱退が決定、小林多喜二獄中死事件も起きるなど、経済不況・政情不安定な時代であった。映画界では、関東大震災で撮影所も壊滅状態となったが、そこからの復興は、封建的道徳に基づく新派劇風の古い作風から、西洋の近代的映画作法を取り込んだ新しいスタイルへの転換点をも意味した。このあと『伊豆の踊子』二作を脚色することになる伏見晁脚本による五所平之助『村の花嫁』(一九二八年一一月)、小津安二郎『生まれてはみたけれど』(一九三二年六月)等の名作が生まれた。片岡鉄兵の新聞小説「生ける人形」(「大阪朝日新聞」一九二八年六月七日~七月二一日)の同名映画化(一九二九年四月)や築地小劇場での舞台化(一九二九年五月)、同じく築地小劇場で初演された藤森成吉作『彼女』の映画化『何が彼女をさうさせたか』（一九三〇年二月、一九三〇年度キネマ旬報ベストテン第一位）などの傾向映画も人気を博した。一九二七年、ハリウッドで最初のトーキー映画とされる『ジャズ・シンガー』が制作され、日本では最初のトーキー映画として五所が一九三一年『マダムと女房』を撮り、一九三三年にはトーキー映画を制作するP.C.L.（写真化学研究所、東宝の前身）が設立され、トーキー化の波が起こる。しかし、日本映画全体が変わるまでには技術面での時間も費用もかかり、五年の歳月を要した。一九三〇年代はサイレントからトーキーへの過渡期にあって、無声映画最後の黄金時代でもあった。

城戸四郎所長率いる松竹蒲田撮影所では、五所平之助、清水宏、小津安二郎、成瀬巳喜男といった新進気鋭の監督たちが、〝蒲田調〟と呼ばれる、新派劇的なメロドラマから脱却した西洋の映画技法による近代的な映画作り―明朗なヒューマニティ、フレッシュさ、スピーディーさを特色とする映画作り―を目指していた（注8）。つまり、サイレントとトーキー、メロドラマとアヴァンギャルド、伝統と近代、娯楽性と芸術性、自由と統制、といった二項対立的要素が共存し、せめぎ合っていた時代でもある。今でこそ『戀の花咲く　伊豆の踊子』＝サイレント＝メロドラマ、と一括りにされるが、五所監督が目指したものは旧来のメロドラマとは異なる、新しい感覚の抒情性を表現することにあった。

五所が表現する抒情性は〈五所イズム〉と呼ばれ、菊地三之助は〈「伊豆の踊子」の中に一貫して流れてゐる淋しい抒情詩〉〈社会性を離れた人間的な哀愁を潜めた抒情詩〉と表現する（注9）。「松竹スタヂオニュース」欄の「蒲田通信」（注10）では〈五所平之助氏は、川端康成氏の抒情物「伊豆の踊子」を五所イズム作品としてその得意な手法を以て異常な成功裡に完成、封切公開するや多大の讃辞の中に上映を続けたものであるが、無声映画の水準を決定するものとして好評を享けてゐる〉と報じている。五所は「伊豆の踊子」の映画化に際し、トーキー映画が既に始まってはいたものの、費用や技術的な問題もあり、あえてサイレントで撮ることを選択した。自然描写に拘り、細かく刻んだショットなど時間をかけた丁寧な撮影に向き合った、その繊細な映像表現が生み出す抒情詩的表現にこそ、五所監督の思惑と挑戦があったのである。

佐藤忠男は〈『伊豆の踊子』はトーキー以後五回も再映画化されているが、素朴な情感の流れが高度に洗練された技法で描かれている点において、最初のこの作品を超えるものはまだない〉と評価し、映像技術においても〈ショットを極力こまかく刻んで人物たちの感情や心理の微妙な動きをデリケートにとらえ、またそれを風景と巧みに編集してリズミカルで流麗な映像の流れをつくり出すことを得意〉とする五所の手法が見事に成功した〈きわめて魅力的な愛すべき抒情詩〉（注11）と指摘する。五所が目指したサイレントによる新しい感覚的抒情が評価されたと言えよう。五所の『戀の花咲く　伊豆の踊子』は、純文学作品の映画史上初めての映画化として成功を収め、いわゆる〝文芸映画〟の先駆けとなった（注12）。

［3］脚色されたストーリー

松竹蒲田撮影所の気鋭の脚本家として活躍していた伏見晁は、

小津安二郎監督『生まれてはみたけれど』（一九三二年六月）に続いて『戀の花咲く　伊豆の踊子』を書き、二度目の映画化『伊豆の踊子』の脚本も担当した。伏見は「脚色ということ」（注13）で、五所版には原作にない余計な話を付け加えたため原作者に対して非礼をしているようで気になったが、当時の映画は第三者に訴える力が文学よりも弱いとされており、観客をあきさせないための方策だったと述懐している。

また五所は、伊豆湯ヶ野温泉福田家の隣りに建立された「伊豆の踊子」文学碑の除幕式に川端とともに出席しており、次のように記した。

> はじめての純文学ものの映画化、私は、シナリオライターの伏見晁氏の協力に力を得て、私の多年の宿願を託することができて幸せだと思っている。／惜しむらくは興行価値を加えるということで、原作にない、フィクションを設定し、物語の多様性をねらったことである。これは川端さんには申訳ないことと、いまでも胸につかえていることで、こんどの除幕式の時それを川端さんに話したら〝あれでいいじゃないですか。面白かったですよ〟と、かえってわたしをいたわってくださった。（注14）

このように監督、脚本家両者とも原作者に対して申し訳なさを感じているのに対して、川端は「新潮」の座談会で一緒になった五所に誘われて蒲田撮影所の試写会に参加し、試写会などは逃げたいところだが〈幸ひ「伊豆の踊子」は楽しく見られた〉、〈私が映画を平気な顔で楽しく見てゐられたのは、映画が原作を非常に離れてゐたから〉だと書き、映画に対して原作通りであることを望んでいない考えを示す。文芸映画のあり方については、次のように記している。

> 文学と映画が別ものであることはいふまでもない。原作者が自作に忠実を求め、脚色はおろか撮影までに干渉したならば、反つて予想外の失望を招く映画を見ることが多いであらう。映画化は、原作に対する批評の一つの形であると、私は思つてゐる。一歩進んで、原作は映画創作の素材に過ぎぬ。（中略）原作の気分を写すことだけはつとめたと、「伊豆の踊子」の監督も、脚色者の伏見晁氏も力説してゐた。それでいいのではあるまいか。いたづらに原作の筋を忠実に追つたために、映画製作者が感興をしばられ、反つて原作の匂ひや的を失ふよりは、その方がいいのではあるまいか（注15）

ではどのようにストーリーが作られているのか。原作と変更されたポイントについて見ておきたい。

①旅の目的

原作で提示される〈私〉の伊豆旅行の目的は、〈私〉が心に抱える〈孤児根性〉で歪んだ憂鬱な息苦しさからの解放であり、一人称小説としては当然、旅芸人たちと共に旅をしながら〈私〉の目に入るもの、身辺に起こる出来事や変化などを内面でどのように捉え語るかが物語を成立させる重要な要因となっている。他の映画では比較的早い時点で、主人公の旅のきっかけや目的が提示されるが、本作では物語の中盤あたりで、湯川楼の跡取りで大学の先輩でもある隆一と初めて出会った際に〈試験が終わったんで、伊豆一周をやろうと思って出て来た〉と説明される。

原作のキーワードである〈私〉の〈孤児根性〉は、家族的な温かみを感じさせる旅芸人たちの姿から照り返されもするが、栄吉も心に抱えるものがあり、原作と映画ともに主人公との散歩の場で栄吉は主人公に身の上話をする。自分たちの出自を語ることが大事な役目を果たしている。

原作では栄吉と薫は甲府の出身だが、本作では湯川楼の元経営者の子どもたちであり、湯川楼が人手に渡ったため、旅芸人をしているという設定がストーリーを大きく動かしている。むしろ水原の生い立ちについては描かれない。原作では、山越えの間道を歩きながら踊子に〈お父さんありますか〉と問われたことに対して答えは記さず、下田街道に出てから旅のきっかけは〈孤児根性〉で歪んだ息苦しい憂鬱であったことが地の文で語られる。

つまり、原作は内面に重苦しさを抱えた〈私〉が、伊豆の自然に包まれながら踊子の純粋さや旅芸人たちの家族的な暖かさに浄化されていく物語であるが、本作の水原は自身の内面に悩みを抱える青年像としては描かれず、旅芸人たちの問題に対して手助けをする誠実な青年であり、それゆえに失恋を経験するという物語構成になっているのである。

②一高生と踊子の悲恋

冒頭、伊豆の温泉宿湯川楼から逃亡した内芸者を警官が自転車で探し回るシーンから始まり、温泉場の内芸者の存在や芸者捜しを中止させる湯川楼主人の存在が焼きつけられ、そこに強請を企む鉱山技師の久保田が登場する。やがて旅芸人一行が村の入口にやって来ると、倒れた〈物乞い旅芸人村へ入るべからず〉の立札をめぐって村人に因縁をつけられ、何となく頼りない栄吉の姿が印象づけられ、そこに現れた一高生水原が旅芸人と村人との仲裁に入ることで、物語が動き出す。湯川楼から金鉱が出て繁盛している状況に付け入って金を強請る強欲な久保田と、久保田に騙され翻弄される栄吉、それらに巻き込まれる水原の物語が展開する一方で、いたいけな踊子薫に惹かれる水原と頼りがいのある誠実な水原に惹かれる薫との恋物語という二本立てで物語は展開する。

冒頭部分で起こる〈物乞い旅芸人村へ入るべからず〉の看板をめぐる小競り合いによって、卑賤な職業としての旅芸人、旅芸人を蔑み差別する村人、彼らを助ける一高生といった身分差の構図が提示される。しかし、階級差の構図は物語が進むにつれ、ぼかされていくことになるのが一つの特徴と言える。

旅芸人の座長を務める栄吉は、道楽によって家族を巻き込んで旅芸人に身を落とした頼りない人間であり、久保田の策略に嵌められそうになるところを水原や湯川楼の主人に救われ、旅芸人から離脱した普通の生活が期待されていく。妹の薫もまた、湯川楼の跡継ぎの嫁に入るという安定した明るい未来が提示される。その踊子の未来のために水原は身を引く形になり、二人がラストシーンで愛を告白し合いながらも自分は身を引き、踊子の幸福や栄吉の未来を願うことを伝え、薫の背中を押す役目を果たして涙の別れとなる。

　このように、欲深い久保田の企みをきっかけに、旅芸人に身を落とした栄吉と薫の兄妹を湯川楼の主人や息子、水原が救済しようとする善意の物語がメインに流れ、最後は水原と薫の涙ながらの別れで幕を閉じるものの、水原と薫の物語はサイドストーリー的位置にある。他の「伊豆の踊子」映画がメインとする一高生と踊子の恋物語としての展開とは異なり、〈物乞い旅芸人村へ入るべからず〉の看板によって冒頭で提示される階級差や身分差別の要素と、一高生と踊子のラブストーリーとは結びついた展開にはなっていない。

　行く行くは薫を息子の嫁にという湯川楼主人の申し出は、薫の身を案じてであるにしても、この時点で薫の意志は視野になく、商取引のように扱われた当時の女性の立場を反映しているようでもある。また、水原が湯川楼の主人からその話を聞かされる場面において、水原の踊子への思いは蚊帳の外であり、旅芸人一座と湯川楼主人との仲介役という、言わば〝お人好し〟の位置に置かれて失恋の結果を迎える。その場面は、物悲しいユーモアさえ漂わせている。水原と薫の悲恋は、一高生と旅芸人という身分差が招くものではなく、あるいは自由意志による恋愛が普通ではなかった時代の世相によるものでもなく、卑賤な職業から一家を救おうとする湯川楼はじめ周囲の善意によって齎されるものなのである。

　また、湯川楼の息子隆一は東大出で水原の先輩という位置づけであり、温泉宿の経営者の跡取り息子である時点で水原よりも一枚上手でもある。他の映画のような階級差による悲恋が成立しない所以である。栄吉もまた本来なら湯川楼の跡取りとして隆一と同じ立場にあったわけであり、つまり〈物乞い旅芸人村へ入るべからず〉の看板がもたらす〝身分差別〟は、一高生と踊子の関係に重い役目は果たしていないのである。

　旅芸人たちとの旅の終わりは、原作では学校があることが表向きの理由で、本当のところは所持金が尽きたことによる。〈私〉の踊子に対する思いは、旅の目的や様々な場面から明確に恋だと読み取るのは難しく、一人旅の旅情や感傷から生まれる憧憬や詩情に近いものである。しかし五所版では、湯川楼の隆一と踊子との縁談話によって失恋した水原が、薫への気持ちを断ち切るために早々に東京に帰る決心をする。港で踊子は水原に抱きつき、泣きじゃくる。「伊豆の踊子」の映画六作品の中で、一高生の体に直接触れるのは五所版だけである。田中絹代は踊子を演じた女優の中で一番年上であるが、無邪気な幼さの表現は抜きん出ており、いやらしさを感じさせることはない。このように田中の演技が大げさであるのは、サイレント映画であることが原因している。映画撮影当時の『戀の花咲く　伊豆の踊子』について語った五所と田中の音声記録（注16）によれば、サイレントには無言ならではの特有の演技の難しさがあり、パントマイムによる表現など厳しい訓練や指導があったと語っている。

③旅芸人の物語の解体

　原作では、一座の元締め役を与えられているのは〈四十女〉〈途中から表現が〈おふくろ〉に変化する〉で、栄吉の妻千代子の母親である。発言はそう多くはないが、目付役としての存在感ある厳しい眼差しを持ち、物語を引き締めている。人生経験豊富な存在らしく、常識を身につけ、世間の眼差しを見抜ける存在でもある。旅芸人としての立場をわきまえた上で踊子ほか女たちを躾け、近寄る男たちを遠ざける、重要な役割を担う。しかし五所版では、一座を動かす座長は栄吉であり、その頼りなさ、危なっかしさが、物語を動かす原動力になっていく。

五所版では栄吉や薫の元実家である湯川楼をめぐる話が中心となるために、殆どの出来事が湯川楼のある温泉場（具体的な地名はない）で展開されている。芸人としてお座敷芸を披露するのは一度だけで、場所の移動についても湯川楼のある温泉場から下田への移動のみである。踊子や栄吉の旅芸人としての将来も、村に戻る方向性が示唆されるために、移動を中心に展開する旅物語の印象は薄い。原作で描かれる、旅芸人たちと旅の〈道連れ〉になりたいと一高生から申し出るせりふが、そもそも存在しない。

原作では湯ヶ島に一泊したのち天城峠を越えて湯ヶ野に入り、湯ヶ野温泉が物語の中心になるが、五所版では湯川楼を出発して天城トンネルを抜けて下田に向かうため、湯川楼の位置を湯ヶ野とすると、逆戻りしてトンネルを抜けて下田に向かうことになり、ルートとしては矛盾が生じる。したがって、伊豆という枠組みの中で展開する物語ではあるものの、現実的な地名は出さず、原作どおりに撮るといった方針からは離れていたと考えられる。周囲の山々に雪が映り込んでいる背景もあり、五所自身も、原作の詩情を出したいがために伊豆ではない様々な場所で撮影をしたことを次のように明かしている。

いまから三十四、五年前のその当時でも、天城の峠道と下田、湯ヶ野だけでは十分なロケができず、遠く信州の別所や、上越線の〝雪国〟の背景の附近までロケーションの手をひろげて完璧を期したのである。（注17）

雑誌「蒲田」の「松竹スタヂオニユース」欄の「蒲田通信」には、毎号のように所属監督の活動状況が掲載されており、「伊豆の踊子」公開前の一九三三年三月号には五所の記述を次のように記している。

◇五所平之助氏は　松竹蒲田八年度最初のオールトーキー作品として製作中であつた湯山東吉原作、伏見晁脚色、『花嫁の寝言』完成、引き続き一時撮影を延期してゐた五所イズム文芸大作、川端康成原作、伏見晁脚色の戀の花咲く『伊豆の踊子』を去る十六日より十九日迄オープン・ホリゾント前に建てられた噴出温泉づきの旅館街大セット撮影を行つたが監督、小原技師、田中絹代、大日方伝、竹内良一、若水絹子、小林十九二等の一行は廿一日再び伊豆、伊東、湯ヶ島方面ロケに出発、同地に於ては夜間大撮影をも行ふことになり、サンライト廿台、グラーブライト数十台を用意し、電気部員八名を従へて撮影中である。

ワダ・ミツヨ・マルシアーノ（注18）は、佐藤忠男（注19）やアーサー・ノレッティ・Jr.（注20）らが指摘する〝身分違いの恋〟という固定化された作品評価に対して疑義を呈し、この映画が強調するのは〈都市居住者にとって格別魅力的な視覚表象〉であると指摘し、小説のメロドラマ的な要素を排除し、主人公の内省や自己の主体性を模索する過程を描く表現から〈もっと実際的な主人公の田舎への旅行の経験を描くという形へと変え〉、観客の多くを占める都市生活者の郷愁を喚起し、当時の旅行が手の届く娯楽へと移行した一九三〇年代初期の娯楽や余暇の大衆文化というコンテクストから理解されるべきだとする。

伊豆にこだわりを持ってはいたものの、五所が映画で表現しようとしたものは、原作通りの一高生と旅芸人との旅物語、いわゆるロードムービーではなく、田舎のロケーション・ショットを繋ぎ合わせることで、豊かな詩情を描出することにあったと言えよう。それこそが原作小説を超える映画ならではの技法であり、ノスタルジックな旅に憧れる観客を映画に惹きつけ、ひいては伊豆に足を向けさせる力になったと考えられる。

［4］〝笑い〟の要素

『戀の花咲く　伊豆の踊子』はサイレント映画であるという原点に立ち戻れば、弁士や音楽の存在について考察する必要がある。近年では、弁士解説付き・音楽伴奏付きでの上映会が人気を呼んでいる。③で弁士を務めた松田春翠が設立したマツダ映画社、無声映画保存協会、無声映画振興会などが活動を行っている。本稿を執筆するにあたっては、サイレント版のほか、次の四種類の弁士説明版を視聴した。

①活弁・トーキー版　弁士：西村小楽天
上演録音版　キーボード伴奏入り　録音年不明　販売元：松竹ホームビデオ（ＶＨＳ）

②弁士説明版　弁士：西村小楽天
上映録音版　伴奏音楽なし　一九七四年、国立映画アーカイブで上映時に同時録音

③活弁・トーキー版　弁士：松田春翠
『世界クラシック名画100撰集：1895年 第1期黄金期時代』
総監修　淀川長治　音楽：アンサンブル想い出
製作：マツダ映画社　企画・制作・発売元：ＩＶＣ（ＶＨＳ）

④活弁版　弁士：澤登翠
『銀幕を知る男『毒蝮三太夫』が選ぶ発掘！昭和の大スター映画　文芸篇』
解説：佐藤忠男　対談：佐藤忠男×毒蝮三太夫　中日映画社（ＤＶＤ）

エンターテインメントとしての映画にとって〝笑い〟は言うまでもなく重要な要素である。特にサイレントの場合は、弁士の語りによるところが大きいが、監督の演出によって生まれているケースや、田中の発言にもある通りパントマイムのような

表現を意識した俳優たちの優れた演技にもよるなど、様々なケースがある。

②を視聴したときの筆者のメモによれば、例えば、①と②は同じ小楽天の説明入りであるが、セリフに若干の違いがある。冒頭近く〈旅芸人村へ入るべからず〉の立札を倒した犯人として濡れ衣を着せられた栄吉と村人が争う場面で、少年の目撃証言により旅芸人は救われるが、面白くない村人は去り際に少年の頭を叩いて泣かせてしまう。そのとき薫が少年にキャラメルを渡して慰めるが、②の場合には小楽天がすかさず「明治キャラメル」とブランド名をあえて口にし、聴衆の笑いがどっと起きている。①では〈明治〉というブランド名はつけておらず、笑いはない。また①と②に共通する小楽天のセリフでは、温泉宿のお座敷に呼ばれて薫と百合子が二人で踊りを披露している場面で、小楽天が「あの若い方の子、田中絹代の若いときに似てるんじゃない?」と字幕にない発言で笑いが起きたが、これは①と②の両方にある。以上のような観客にウケるツボをスクリーンから摑み取る弁士の巧みさと、語りの役割の大きさが実感できる場面が点在している。

語りとは別に、弁士を頼らない、笑いを想定して撮影したと考えられる場面もある。前述の立札の場面では、少年が頭を叩かれると笑いが起きていた。村人は暴力的に叩くというよりは、小突く、いわゆる〝ドツキ漫才〟のイメージである。そのあと少年は〈(字幕) 修身で習った通り、ほんとうのことをいったんじゃないか〉と言うが、いがぐり頭で見るからにいたずら小僧の風貌であり、その少年の口から出る〈修身で習った〉という発言がまた笑いを誘う。しかし、暴力を厳しく捉える現在ではおそらく笑えない場面である。〈修身〉についても、何を意味するかが通じない現代では笑いには繫がらない表現であろう。また同様の意味で、黒メガネをかけたマッサージの女性が水原の部屋に間違えて入ってくる場面があるが、そこでも笑いが起きている。黒メガネをかけて首から笛を下げ、杖をついて歩く姿は当時の視覚障がい者のステレオタイプであり、〝按摩〟や〝按摩さん〟と呼ばれた時代があった。小楽天は〈ここじゃないわよ〉と女中の声音で笑いを取るが、視覚障がい者をユーモラスに登場させることが笑いのネタになった時代のことである。少年への〝ドツキ〟と同様、現代では笑えない場面である。時代の変遷によって生じる文化の違いが、人々の〝笑い〟にも大きな影響を与え、エンターテインメントの変遷そのものを考えさせられる。

俳優の演技が生む〝笑い〟も多くある。お座敷に呼ばれた旅芸人たちの三味線を酔客が奪い取って弾こうとする場面で、芸妓が連れの酔客を戒めるためにいわゆる変顔をして笑いを取る。田中絹代の演技では、木の橋の橋脚にぶら下がる場面で足を細かくバタバタさせたり、天城の峠越えで水原と薫が休憩して水を飲む場面では薫が土手を勢いよく駆け上って座り込み、二三歳とは思えない幼く無邪気な仕草で笑いを取っていた。

以上のように、笑いはあちらこちらに鏤められているが、物語終盤の下田の船着場で水原と薫の別れの場面になると、弁士の語りもシリアスになり、笑いは消えて涙の場面となる。

［5］映像表現の多様性

五所がサイレントに拘った理由の一つは、サイレントでしか実現できない、細やかなカットの連続による繊細な詩的抒情を表現することであった。その効果が最もよく現れていると思われる下田の別れの場面について見ておきたい。

最後のクライマックスに向けて弁士の語りは冴え渡り、緊張感を増していく。映像は細やかなカットでスピーディーに切り替えられる。

原作では、〈私〉は〈湯ヶ野にいる時から私は、前髪に挿した櫛を貰って行くつもりだつた〉と考えるものの、最後の別れの時には薫と言葉を一言も交わさず、息子夫婦に死なれ孤児となった孫三人を連れた老婆のプロットが差し込まれ、船中で涙に浸りながら物語が閉じられるが、本映画では水原と薫の別れが集中的に描かれる。

港でいよいよ船に乗り込もうとする場面で、水原は思い出に薫の櫛が欲しいと願い出て受け取ると、栄吉が心を入れ替えて真面目な生活をすること、湯川楼の息子の嫁になることが湯川楼主人の希望であり自分の願いでもあることを薫に強く訴えるが、自分は薫を愛していることを伝え、水原の胸に泣きすがる薫を慰め、はしけに乗り込む。しかしすぐに引き返してシャープペンシルを薫に握らせ、水原はにこやかに薫を見つめ、去って行く。距離を置いて見守る栄吉、遅れて慌てて駆けつける残りの旅芸人たち、乗船を急かす船頭など、短い時間に生じる人物の移動と人々の複雑な心の動きを、印象的に表現してラスト・カットまで持ち込んでいく。

例えば、薫が水原から幸福を願っていると衝撃的な話を告げられショックを受け、次の言葉が発せられるまでの無音（無言）の場面がある。驚く踊子の表情は正面からのバストショットで少し引き気味に映され、ゆっくり天を仰ぐ動作を捉えたあと、光を受けて揺らめく水面、二人の姿を引きで捉えてから、泣いて座り込む薫、海面ギリギリに佇む水原の足下、泣きながら手の甲を噛む薫の横顔、そして水原の顔を水面と重なるように上から捉えていく。田中絹代の発言（注21）にもある映画の基本とも言える〈言葉で表現する以上に無言でもって表現する〉ショットの積み重ねによる優れた場面が多くある。同時に、映像でもまた、水面にきらめく光や、薫の白く浮かび上がる憂いを帯びた表情など、白黒のコントラストで繊細に、詩情豊かに表現されている。五所は映画に対して常に〈何か新しいポエジーを求めようとし〉、〈俳句の省略と連想、季節感の把握〉は映画作りにも役に立ったと述べている（注22）。文学や俳句で培った表現に対する感覚や感性が、細かいカットで構築するのを得意とした五所の映像表現に反映されていると言えよう。

また、原作にない、記念の品を交換し合うシーンについて、五所は〈原作にはないけど、当時はやりのシャープペンシルを懐から取って踊子の手に握らせて別れるというふうにした〉、〈サイレント映画だからなるべくすべて物に変えて、小道具をなるべく使っていくことを考えた〉と語っている（注23）。最後の別れの場面で汽船を追いかける薫が転ぶシーンは、鉄線があることを知らずに引っかかり、偶然の出来事だったという。田中絹代は転んでから起き上がってすぐにまた駆け出すが、手のひらにシャープペンシルが刺さって血が出ていた。カメラは一台しかなく、汽船と踊子を同時に収める大事なシーンであり、田中は撮り直しがきかないことを認識していて演技を続けたのである。昔の撮影の厳しさと、田中の女優としての覚悟を示す逸話である。原作にない思い出の品の交換は、トーキーになってからも受け継がれていく。

加えて、五所は企業とタイアップした広告収入を得るための商品の宣伝映像を、不自然さを感じさせることなく巧みに取り入れていた（注24）。

立札の証言をする少年に薫がキャラメルを渡すシーンでは、明治ミルクキャラメルの箱の図柄—帽子を被った少年と犬の絵柄—が判別できるように薫は箱の正面を見せるように持っている。また、村に立つ看板には湯川楼を真ん中の位置にして、周辺には明治チョコレートやクラブ白粉の文字がある。栄吉が湯川楼に談判に行った帰り道、水原と薫の三人で話をする路地にも、クラブ白粉、クラブクリームの看板が立っている。栄吉が芸妓に呼び止められた温泉宿の部屋のテーブルにはボードゲームの手前に明治チョコレートが置かれ、水原が葉書を書いていたテーブルには万年筆の横に Meiji Milk Chocolate が置かれている。映画館の売店や館内の売り子が販売すれば子供たちへの効果は抜群だったはずであり、映画館に足を運ぶ楽しみの一つになっていたとも考えられる。子供は映画館にとって大事な観客であり、子供を効果的に登場させる映画も多かった。

この他に、下田で栄吉と薫に次の船で帰ることを水原が告げる場面で、大島に立ち寄ってもらうことを薫が楽しみにしていたと栄吉が伝える時に、背景に貼ってある東海汽船〈新航路　大島・新島〉のポスターが栄吉の顔の横でアップになる。二〇一九年一一月に創立一三〇周年を迎えた東海汽船によれば（注25）、一九三三年から三六年は、大島と下田の観光開発により観光客が増加し、ピーク時の一九三五年には二七万二千人もの観光客が乗船したという。映画が観光客の増加に一役買っていたであろうことは想像に難くない。ロードムービー的作品としての描写は弱いものの、フィルムツーリズムとして人々に多大な影響を与えていたと言える。

雑誌「蒲田」一九三三年一月号「松竹スタヂオニュース」欄「蒲田通信」の五所の記述には次のようにある。

◇五所平之助氏は　文芸作品として製作中の、川端康成氏原作、伏見晁氏脚色、小原譲治氏撮影、田中絹代、大日方伝主演の戀の花咲く「伊豆の踊子」はその背景である伊豆一帯に半ヶ月に亘る大ロケを行つてゐたが、このロケーションに際して東京湾汽船は多大な援助を尽し、菊丸の他紅梅丸も出動せしめてロケーシヨン船として活躍せしめ、東京霊岸島に於ける大衆撮影、船中に於ける情緒撮影、その他下田、元村等に於ける大撮影等、日本映画で未だ嘗て見ざりし汽船使用の念入り撮影を行つていやが上にもタンゴ的情緒、南島、南海気分を盛上げてゐる。

菊丸、紅梅丸は一九二九年から就航を開始した旅客船である。下田港での別れの場面の撮影は、東海汽船の協力があって成立していたことが確認でき、言わば持ちつ持たれつの関係にあったと言えよう。

［6］受容研究の可能性として

当時のエンターテインメントとしての映画はナンセンス喜劇や新派調メロドラマが主であり、繊細な感覚的抒情を中心にしたストーリーで観客を惹きつけることは困難であった。ましてやサイレントとなると弁士の語りにも左右される。五所監督、伏見脚本によって制作された「伊豆の踊子」は、エンターテインメントとして観客にどのように受け止められたのか。受け手研究の方法として、近年ではネット上でのアンケート調査、ネットの書き込みの分析等が挙げられるが、公開当時の反応を知る手がかりは限られている。いくつかの可能性について考えたい。

当時の松竹蒲田から発行していた雑誌「蒲田」（松竹蒲田作品後援会、のち蒲田雑誌社）について、岩本憲児は〈ファン雑誌の中では群を抜いて内容のある雑誌〉〈映画が大衆の新しい文化として憧れを持って受容されはじめた時代の先端的雑誌〉（注26）と指摘する。一九三三年一月号の編輯部の記事では「読者寄書」「似顔絵」「かまた・くらぶ」「質問室」の四種の投書を募集しており、毎月一〇日締切、「投稿規定」には〈用紙は必ず官製葉書で〉〈簡単明瞭なるものを希望致します。礼賛でも感想でも。批評でも〉、松竹に関することならなんなりと、ともあり、特に内容の規制はしていない。また、「蒲田雑誌フアン聯盟」により〈雑誌「蒲田」を続ぐるファン　会員募集〉があり、国内外の映画に関する情報を掲載した機関誌として週間《ママ》「映画週報」を毎一〇日ごとに配布とある。また、投稿掲載の優遇や、撮影所見学の便宜を図り、半年に一回三枚のスナップショット贈呈などの特典もあり、毎号に会員名簿が掲載された。

映画公開前の号から口絵にブロマイド風の田中絹代の踊子姿や、製作時のスナップショット等が豊富に掲載され、読者の投稿欄「かまた・くらぶ」では、ファン同士の熱い交流が展開され、封切り前には贔屓の俳優に対する思いが飛び交い、田中絹代や大日方伝への応援メッセージや期待の声、封切り後の反響などを見ることができる。

例えば、一九三三年一月号には〈大日方伝様の次回作品「伊豆の踊子」とっても期待してますの。学生水原になるんですってね。（中略）クラスの女学生も早く封切りされることを鶴首してるんですわ。〉、同年二月号には〈大日方君と田中姉さまが一番好き、（中略）此度の「伊豆の踊子」私の敬愛する御二人ですもの。断然ネ！　そしてストーリーがとっても私大好き〉、〈五所さんの「伊豆の踊子」とてもよさそうね、詩的なデリケートなアトモスフイア〉とする一方で、〈大日方はなぜもつとい丶映画に出演させないかしら、（中略）「伊豆の踊子」だなんておよそ意味ないものに出演させるんだもの、私だんぜんくさつたわ此の頃い丶脚本がないのね、ほんとにしつかりして下さい〉といった厳しいものもある。

公開後の同年五月号には〈何時迄も無邪気で可愛い絹代様！「伊豆の踊子」は良かつたですわ、殊にラストの離別の処など、自然に目頭の熱くなるのを感じました〉、〈伝チの伊豆の踊子、ほんとによかつた。彼の人の学生姿とてもいいわ、ルミ公のクラス、とても伝チ熱で皆なボートなつてるのよ〉、六月号には〈なごやかな温泉町をバツクにして可憐なそして果敢ない旅芸人を主人公に織出されて行つた「伊豆の踊り子」近頃の蒲田の佳作だと思ひました。かんざし長い房を頬までたらし太鼓をしよつた踊り子の絹代よかつたこと。大日方も淡泊な学生らしく適役でした。栄吉を小林十九二が演つてますがこれが三四年前だつたら渡邊篤の役でせうにラストで踊り子から花櫛を貰ふのは美しくロマンチツクなシーンだと思ひました。最後に私は終始「絹代物語」と同じ物の流れて居るのを感じてました〉とある。全体的に女性の投稿が多く、女学生風のものから真面目なものまで混在している。文通仲間を求める投書もあり、今で言う〝推し活〟が熱心に展開され、エンターテインメントとして華やかなりし時代の映画事情を垣間見ることができるのである。

（2）一九五四年三月　野村芳太郎監督・伏見晁脚色『伊豆の踊子』

［1］あらすじ

昭和の初め、沼津から修善寺へ向かう乗合馬車で旅芸人の若夫婦と挨拶を交わした一高生の水原は、修善寺の旅館に小説家の杉村を訪ねた。杉村に休暇中に帰省しない理由を問われ、寮に一人でいる方が良い、学校も面白くないからやめようかと思うと答えると、「そういう考えが孤児独特の不健康さだ」と指摘された。水原が夜の温泉街を散歩していると旅芸人一行に出会い挨拶を交わし、芸人たちはお座敷に向かった。翌朝、水原は杉村に下田に行くことを告げると小遣いにと一〇円札を渡された。驟雨に追われるように峠の茶屋に駆け込み、旅芸人一行と再会、雨が上がると彼らは先に出てしまい、水原は杉村からもらった一〇円札を落としたことに気づかずその後を追い、茶店のおかみさんは後で子供に一〇円札を届けさせることになる。旅芸人一行に追いついた水原は、下田まで共に旅をしたいと告げ、栄吉と二人になると彼から身の上話を聞かされた。彼らの生家は湯ヶ野の湯の沢館だが熱い湯が出ずに手放すことになり、父親だけを残して大島に移住し旅芸人をしているが、湯の沢館は手放したあとに熱い湯が出て繁盛している。湯本館の宴席で湯の沢館の息子の順作に出会い、栄吉は話があるから湯ヶ野で会いたいと言われる。一行は湯ヶ野に立ち寄ることになり、途中「物乞い旅芸人村へ入るべからず　河津村湯ヶ野」の立札を目にし、栄吉たちは屈辱を感じながら湯ヶ野に入る。旅芸人一行と水原が亀床で休憩していると、栄吉の父親、遅れて順作がやって来る。順作は自分の父親も了解していることとして、薫を嫁に迎えたいと話す。薫を呼んで話をするが、薫はすぐに返事を返せず、時間をかけて考えることになった。一行は下田に向かい、水原は翌日東京に帰ることを告げ、法事に供えて欲しいと金包みを渡す。翌朝、港に行くと栄吉と踊子が見送りに来ており、栄吉が切符を買っている間に水原は踊子から櫛をもらい、代わりにシャープペンシルを渡して別れを惜しんだ。そのとき峠の茶屋の子供が水原に気づき、落とした一〇円札を返そうとするが、水原は受け取らず上げてしまう。そこに男達が近づいてきて、息子夫婦に死なれて残された孫三人を連れた老婆を上野行きの電車に乗せてほしいと依頼され、快く引き受けて船に乗る。見送る栄吉、薫、少年に手を振り、水原は船の上で涙を流す。少年に声をかけられ、人に別れてきたところだと答える。

[2] 脚色されるストーリー／原作と映画の比較

脚本は五所版と同じ伏見晁であるが、一作目（以後、五所版）から戦争を挟んで二一年後の公開である。その間、一九三〇年代には『水上心中』、『乙女ごころ三人姉妹』、『舞姫の暦』、『有りがとうさん』、『女性開眼』の五作品、一九四〇年代を除いて、敗戦後一九五四年三月に二度目の『伊豆の踊子』が公開されるまでに『舞姫』（一九五一年八月）、『浅草紅団』（一九五二年一月）、『千羽鶴』（一九五三年一月）、『浅草物語』（一九五三年九月）、『山の音』（一九五四年一月）の五作品が公開されている。

本作（以後、野村版）が公開された一九五四年の日本映画界は、一九五一年のサンフランシスコ平和条約締結によりアメリカ軍による占領から独立を果たし、占領下の厳しい検閲や指導から解かれ、映画は商業的に波に乗ると同時に優れた監督が多く現れ、文化的・芸術的に大きく飛躍した時期でもあった。一九五一年、黒澤明監督『羅生門』のヴェネツィア国際映画祭グラン・プリ受賞を皮切りに日本映画は世界で脚光を浴び始め、特に一九五四年は四月に衣笠貞之助監督『地獄門』が第七回カンヌ国際映画祭でグランプリ、六月には黒澤明監督『生きる』が第四回ベルリン国際映画祭で第三位、七月には新藤兼人監督『原爆の子』が第八回カルロヴィ・ヴァリ国際映画祭で平和賞、山村聰監督・主演『蟹工船』が特別賞、九月には黒澤明監督『七人の侍』・溝口健二監督『山椒大夫』が第一五回ヴェネツィア国際映画祭で銀獅子賞を受賞するなど、海外で多くの日本映画が高く評価された年でもあった。

また、一九五〇年代はテレビが出現する前の映画の黄金期であり、東宝・新東宝・松竹・大映・日活の大手六社は製作・配給・興行を兼ねて自社系列会社に配給するシステムをとり、他社の上映を入れない方策として二本立て興行を導入、その維持のために大手各社は多量の映画を供給する必要に迫られた。「日本映画産業統計」（一般社団法人日本映画製作者連盟）によれば、映画館の入場者数は一九五八年が一一億二千七百四十五万二千人、スクリーン数は一九六〇年が七千四百五十七でそれぞれ史上最大数を記録している。

一九五四年七月九日「朝日新聞」夕刊には「流行する『再映画化』上半期すでに二十本製作」の記事があり、〈毎週二本ずつ作る映画に企画が追いつけないためか、このところ映画界は再映画化ものばやり。今年上半期ですでに二十本が製作されている〉と指摘して、〈最近のメロドラマ全盛に一昔前のヒット作を再び登場させているのも少なくない〉とし、文芸作品の例の一つとして『伊豆の踊子』を挙げている。

映画としては五所版と同じモノクロではあるものの、時代はサイレントからトーキーへと完全に移行し、弁士の存在も必要とせず、字幕もなくなるなど、機材や技術面で大きく変化した。サイレントに求められたパントマイム的な動きやオーバー気味な表情も必要なく、演技面でも大きな差がある。五所版と野村版の両方に出演した小林十九二は当時を振り返り、一作目の撮影は約二ヶ月間で、俳優がカメラ助手をしたり実在した旅芸人に出てもらい一緒に旅をしたりと、のんびりしたものだったが、二作目のロケは二十八日間で、当時の馬車を用意したり、ロケ隊も整備されすべてが近代化された、と語っている（注27）。冒頭の雨のシーンでは消防ポンプ二台で雨を降らせたという。

五所版は冒頭から原作と異なる展開であり、伊豆を旅する一高生は野村版で初めて原作に近い形で描かれた。服装は、原作では紺飛白の着物に袴、朴葉の高下駄で、学生カバンを肩にかけているが、映画は五所版と同様に詰め襟の学生服にマントを羽織り、下駄の出で立ちである。旅の行程は、原作ではすでに修善寺に一泊、湯ヶ島に二泊したあとの天城の峠越えから始まり、修善寺・湯ヶ島は回想でしか登場しないが、野村版では原作には描かれない雪を冠った富士山を背景に沼津付近から映し出され、修善寺から湯ヶ島へと時系列に並べ替えられている。

オープニング画面には〈昭和のはじめ〉と映し出され、原作にも五所版にもなかった時間設定が明確になされる。事実と比較するならば、川端が実際に旅をしたのは一九一八年一〇月、小説「伊豆の踊子」発表が一九二六年、単行本『伊豆の踊子』刊行は一九二七年であり、小説発表時の時間設定がなされたことになる。五所版と同様、鉱山がモチーフとして登場するが、違いは〈持越金山〉（注28）と固有名が出され、坑夫たちの宴会で湯ヶ野温泉が賑わうことの根拠にもなっている。また、会話の中（水原と先輩杉村）で、〈熱海から此方へトンネルが出来るそうだ〉、〈便利になるのはいいが、益々俗っぽくなる〉とあり、一九三四年一二月に開通する丹那トンネルのことを盛り込んでいる。さらに、冒頭には修善寺に向かう乗合馬車が後ろに接近する自動車に急かされながら走り、停車場で追い越されるが、自動車は故障してストップし、結局馬車が追い越して行くといった交通事情をユーモラスに描き出す。

原作には峠の茶屋の場面で〈山を越える自動車が家を揺ぶった〉との記述があり、これに従えば大正中ごろには既に自動車が走っていたことになる。修善寺から下田に向かうには、東海道線を三島で下車して駿豆線に乗り換えるが、川端が最初に旅した一九一八年当時の終点は大仁（駿豆線大仁―修善寺開通は一九二四年八月一日）、修善寺まで四キロ前後は徒歩での移動だった。大正中期から昭和初期にかけての大仁から下田への交通事情については、中川浩一『バスの文化史』（筑摩書房、一九八六年一〇月）に言及がある。東海自動車と合併前の下田自動車は一九一四年頃に天城越え路線を開設し、下田―大仁間を一日一往復、一九一九年には下田―大仁間を一日二往復していたようだ。一九二一年頃の大仁―下田間が自動車は六円十銭で三時間半、馬車は三円で九時間かかったという。

五所版では時代設定は明確ではないものの、菓子、化粧品の広告や東海汽船のポスター等を積極的に取り込むことで、むしろ同時代性を打ち出し、フィルムツーリズム的な意味合いが強いのが特色の一つであった。これに対して、野村版では古き良き時代を振り返る、五所版とは異なるノスタルジックな場面が随所に描かれる。

登場人物は五所版と共通点が多い。一高生の名前は同じ水原、学校の休暇を利用して先輩で小説家の杉村が滞在している修善寺を訪ねるのが旅の始まりである。旅芸人一行の構成は五所版・野村版ともに原作と同じ、また栄吉と踊子の実家が温泉宿で人手に渡ってしまったために旅芸人になるという設定も同じである。ただし、五所版では温泉場の場所について具体的に語られないが、野村版では湯ヶ島の湯本館、売買された栄吉の家は湯ヶ野温泉の湯の沢館、と明確にしている。栄吉の父親喜平、湯の沢館の主人善兵衛やその息子順作、床屋の亀吉など、前作よりもさらに原作に登場しない人物が増える。五所版では湯川楼の主人が踊子薫の将来を心配して息子の嫁に迎えたいと語るが、息子本人の口からは何も語られない。野村版では、湯の沢館の息子が積極的に薫を嫁に欲しいと発言して父親を説得し、栄吉や栄吉の父、そして薫本人にも気持ちを伝え、栄吉や薫の明るい将来を仄めかして終わる。

野村版が描く一高生水原の人物像が五所版と異なるのは、修善寺に滞在する先輩小説家の杉村の口を借りて水原の孤児の生い立ちが明かされ、原作のキーワードである〈孤児根性〉について冒頭から言及、旅の途中でも踊子薫に両親のことを聞かれて自分が孤児であることを告白し、物語の最後には原作と同じく孤児（孫）を連れた老婆が登場、東京行きの船では（船室と甲板の違いはあるが）上京する少年に声をかけられるなど、原作に近い形で一高生像が描出される点である。老婆の世話を依頼される場面を描くのは、映画六作品中で野村版だけであり、原作の〈孤児〉のキーワードを慎重に扱った結果だと考えられる。下田港の別れの場面においても、五所版では水原が薫に幸せになるよう伝えつつ薫に〈愛している〉と告白して抱き合うが、野村版では互いの気持ちを伝え合わないまま別れる。また、原作と五所版ははしけから本船に乗り移るが、野村版は船に直接乗船する設定を取り、その結果として甲板にいる水原の視線は薫・栄吉・信吉ら見送る人物を同時に視野に捉え、水原の横顔のアップと見送る人達との効果的なカットバックが成立し、旅を終えて東京に戻ろうとする水原の哀愁を印象深く表現することが可能になっている。

また、野村版には、五所版には描かれなかった旅芸人たちと再会する茶店や中風の爺さんなどが、原作よりも詳しく描き出される。まず茶店の位置が原作（現実）とは異なり、ここでは修善寺を出て湯ヶ島の湯本館に行く途中に設定されており、湯本館を出てすぐトンネルを抜けることになる。茶店に水原が到着してから店を出て茶店の小母さんと別れるまで約四分、茶店の奥にいる時間は約二分一五秒、爺さんと水原が囲炉裏の前で二人きりで顔を見合わせる場面もあり、作者川端の生い立ちを知る観客（視聴者）は、両親や姉、祖母を亡くして盲目の祖父と二人暮らしだった川端の姿を重ね見る時間的猶予が与えられる。水原が落とした一〇円札を見つけるのも爺さんであり、六作品の映画化の中で、一高生と茶店の爺さんとの接触が最も長く設定されている。そのほか、原作や五所版にはないエピソードも多く登場し、水原が落としたお札は店の子どもに届けさせ、水原はその一〇円札をご褒美として少年に与えることになるが、西河はこのエピソードを〈何のためのものか分かりにくい〉と指摘する（注29）。この少年は、時間的にはわずかしか登場しないが、天城峠から水原を探し求めてすれ違うショットなどが所々に挿入されることで、不安や孤独と闘いながら一人歩き続ける孤独な少年の存在を観客に思い起こさせる。あの少年はどうしたかと観客の気持ちを煽りながら、物語における時間や場所を少年が陰で動かす役目を果たしているとも考えられる。

五所版の大日方伝が堂々とした頼れる存在として描かれるのに対し、野村版の石濱朗は物腰が柔らかく物静かで繊細な、どこか寂しさを滲ませる青年であり、前述したように、その表情は作者川端を思わせるところがある。踊子が美空ひばりであるにもかかわらず、あるいは美空ひばりだからと言うべきか、踊子が前に出すぎず、水原との程よい距離感が維持されつつ、孤独な一高生が細やかなカメラワークによって描き出される。

原作の核とも言える内省的な一高生像が保持され、五所版に比べ原作に寄せた部分は野村版の大きな特色の一つである。ただし、原作に忠実であるがゆえに、映画に必要なリリシズムが描かれていないという否定的な評価もなされることになる。石濱朗に川端の面影がちらつくのは、原作の〈私〉に近い設定にされているだけではなく、作者川端にも近い人物造型がなされているからに他ならない。五目並べが終わって薫を木賃宿に水原が送っていく際の二人の次の会話に表現されている。

二人　歩き出す
水原　ふと考えていたが
水原「僕のこと　変だと思ったゞろう　一緒に旅をしたいなんて云い出して…」

薫、首を振り　歩いていたが
（中略）
薫「（略）東京の何処に家があるんですか…」
水原「僕の家…？　僕、家なんかないんだよ　寄宿舎にいるんだ…」
薫「お父さん　居りますか…？」
水原「お父さんもお母さんもいないんだ…」
薫「（眤っと水原を瞶めて）ほんと…？」
水原「うん…」
強く頷く
薫「お兄さんやお姉さんは…？」
水原「誰もいないんだ　僕　一人っ切りなんだ」

〈物乞ひ旅芸人　村に入るべからず〉の立札を廻っては、旅芸人たちの生まれ故郷である湯ヶ野の入口に立てることで、五所版よりも直截的に言及させている。水原は誰が立てるのかと芸人たちに訪ねると、村長や村会議員が立てている、どこの村にも立っているが知った土地だと嫌な気がするものだ、と答える。栄吉は、湯の沢館の息子順作に立札への怒りを示し、順作は村会議員の父親にすぐに撤去してくれと訴え、薫との結婚話を持ち出すことになる。湯の沢館主人の善兵衛は、栄吉たちのために立てたわけではない、押し売りや流れ者が増えているから村会で立てた、栄吉たちは旅芸人なんぞしているから気になるんだ、と説明する。栄吉たちが久し振りに帰ってきてあの立札を見たら怒るのは当たり前だと、順作は薫や栄吉を庇って反発する。また善兵衛は、湯の沢館を借金のかたに手に入れたとき、栄吉や薫もこの家に来るようにと勧めたが、父親だけを置いて旅芸人の後を追って村を出て行ったのは栄吉たちだと弁明する。つまり、栄吉と薫が旅芸人になったのは、旅芸人として旅をしていた千代子に惚れた栄吉が、薫を巻き込んで旅芸人になった、とその理由が仄めかされるのである。原作では栄吉が〈自分が〉〈身を誤つた果てに落ちぶれ〉てしまったと〈私〉に身の上話をするものの、曖昧にされている。この栄吉の身の処し方は三作目の川頭版にも引き継がれる。

立札については、原作では〈ところどころの村の入口に立札があつた〉と状況が記されるだけであるが、立札をどのように描くかが、作品全体にかかわる大事な鍵になる。しかし、五所版も野村版も立札を用いて旅芸人の身分が低いことを示しはするが、栄吉と薫はもともと温泉宿の子供であり、本当の意味で身分の低い旅芸人とは設定されていないとも言える。立札を撤去させようとするのも、順作が栄吉や薫を思っての個人的な感情論に留まっており、物足りなさを感じさせるところでもある。

湯ヶ野から下田への道筋が、原作と違って海岸沿いになっている。大正の終わり頃はまだこの道路は完成していなかった。この変更は、薫が水原に大島をはっきり見せ、大島にいらっしゃいましね、というセリフを成立させるためとも考えられる。

薫が下田に着いたら活動に連れて行ってほしいと〈私〉に懇願する場面については、原作では四十女の反対にあって叶わず、その理由は明確に書かれないが、西河版以降の映画化では、薫と一高生の関係は身分違いであることや、恋愛に発展することは薫の悲劇に繋がることを鑑賞者に伝えるための大事なシーンとして強調される。しかし野村版では、順作に引き取られ将来的には嫁になる話をされた薫は戸惑い、いざ下田に着いて水原が活動に誘いに来ると自分から断ることになり、むしろ栄吉やたつには、あんなに行きたがっていたのにおかしな娘だと言わせ、薫は水原に近づくことを自分から遠ざけるという展開である。つまり、周囲からの制止ではなく、活動には行かないという意志を子供ながらにも表明する人物として造型されている。順作からの結婚話についても、五所版が薫の意志とは全く無関係に展開するのと比較すれば、まだお嫁に行くことなど考えたこともない、兄さんと一緒にいたい、と明確な意思表示をするのであり、美空ひばりのキャラクターを活かしながら、当時の現代的な女性像を反映しているとも言える。

[3] 野村芳太郎監督

一九五三年七月に正式に監督に昇進した野村芳太郎は、二ヶ月後に時代劇『鞍馬天狗　青面夜叉』によって監督デビューを果たし、一九五三年度のブルーリボン新人監督賞を受賞、『伊豆の踊子』を監督するのはその翌年、監督二年目の年である。一般的には好評だったが、上野一郎は、(注30)〈個人的なテクニクは相当のもの〉と評価するものの、原作に忠実であることが失敗であったと指摘した。しかし野村本人はインタビュー(注31)で、この年の代表作に『伊豆の踊子』を挙げ、ひばりがカメラを意識して余計な芝居をしないようにクローズアップも超望遠で撮るなどの工夫をし、〈大スターひばりのイメージを生かしながら文芸作品を作るというのがぼく流で面白くできた〉と語り、〈スターになっちゃわないひばりを撮れたと思うんですね。自分でも好きな作品です〉と語っている。

また、野村自身が書き残した制作・演出に関する回想録ノートによれば（注32）、『伊豆の踊子』は小林正樹監督を予定していたが、小林が美空ひばりではOKせずに野村に話が廻った。野村は原作を読んで、むしろひばりでいけると判断して引き受けたという。キャストについては、日守新一、小林十九二、石濱朗、桜むつ子以外は、大船初出演だった。片山昭彦は自分でもミスキャストだと言い、所長に進言したが認められなかったという。撮影はロング以外、寄りはほとんど一〇〇ミリ、二〇〇ミリを使用した。また、大船から俳優を呼んだが控えのためで、ほとんど現地の人を使用した（注33）。ロケ中に脚本を直し、完成したのは天城の山を越えて峯温泉に入ってからだった、と書く。最高の天候のもとで撮ることを目標にしたためロケが長引き、大船からライトを取り寄せ、セットの部分も伊豆の現地で撮った。その出来が良かったためにその後も野村組はロケが多くなった、とする。白井佳夫が野村の商業映画の特質について、〈ほとんどの作品の底流となっている外景ロケ・シーンの豊かな広がりが、商業的題材や古い物語に、新しい背景と生命をふきこんでいる〉（注34）と指摘するように、伊豆の自然や風景が物語の重要な部分を形作っている。

〈出来上がりは批評が割れたが個性が強く出たということだろう〉と野村はむしろ前向きに捉え、〈完成した作品は、一般的には好評だった。しかし、もし可能ならば、このような作り話なしに原作通りを映画にできればもっとよい映画になるだろう、と思った〉（傍線筆者）とも書いており、野村が原作を尊重しながら制作にあたっていたことを裏付けている。野村が〈ロケ中に脚本を直し、完成したのは天城の山を越えて峯温泉に入ってからだった〉と書くとおり、撮影しながらかなり手を入れたと思われる。

では、脚本から完成台本まで、どのように手直しがされたのか。次に、その手がかりとなる雑誌「シナリオ」（一九五四年二月）掲載の脚本と完成台本、映像作品との比較を試みる。

［4］脚本と完成台本との比較

伏見の脚本は全体で106のシーン（あるいはショット）番号が振られており、完成台本では87になっている。また、伏見脚本には映画には登場しない狩猟の客二人（宮澤・寺島）が設定されていた。次に主要箇所の変更点について確認しながら考察していく。完成台本と映画はほぼ同じであるが、大きな変更がある場合のみ記載する。以後は、「シナリオ」掲載の脚本は「脚本」、完成台本は「台本」と記す。なお、文中の傍線は筆者によるものである。

脚本の冒頭では〈伊豆の山が連らなって見える〉のに対し、映画では雪を冠した富士山が映し出され、のどかな伊豆路を乗合馬車が走るシーンに続く。馭者と行商人が自動車の普及について話し、馬車の中では煙草を吹かす芸者の隣に水原がおり、途中で乗り込んでくる千代に水原は席を譲り、栄吉・千代と挨拶を交わすと、すぐに修善寺温泉に場所を移す。映画では、馬車が自動車に追い立てられながら道路を走るシーンでは、高い位置からの超ロングショットや橋の下から見上げるショットなど、多様なアングルから工夫を凝らしたカメラワークによって、動きのあるショットが重ねられる。

修善寺の温泉宿での杉村と水原の会話シーンでは、脚本では水原の故郷を〈青森〉としており、原作者の川端から離そうとする意図が窺われる。水原は学校が休みになっても故郷に帰らずに杉村を訪ね、学校をやめようと思っていると話す場面は映画も同様であり、その理由を水原は〈何かさつぱりしないんです。こんな状態で学校へいつてるなんて意味ないと思うんです〉〈何か力一杯働きたいんです〉と描かれる。台本・映画では〈つまりそう云う考え方が孤児根性の不健康さだと思うな〉と杉村に発言させる。さらに杉村は、台本では〈憐れんだり、苦しんだりしている自分と云うものを、他の自分が凝っと見ているというか、つまり二重人格的な性格を帯びるもんだ。つまり小説家になろうと思えば、どうしても味わう悲劇さ〉としている。脚本ではあえて川端から離す操作をしていると考えられるところを、台本・映画では、主人公水原は伊豆を旅した一高生の川端自身を投影する存在、先輩小説家の杉村は「伊豆の踊子」を執筆する川端自身を想起させる存在として、それぞれ発言させている。水原演じる石濱朗の表情は繊細で沈鬱、冒頭から〈孤児根性〉に悩む青年のイメージを植え付ける操作がなされているのである。

脚本には存在して、台本ではカットされている部分が、大小かなり存在する。例えば、映画では、水原が茶屋に辿り着くまでに雨宿りしようと農家の軒先に入って中にいる赤ん坊をのぞき込み、そこに帰ってきた子供にじっと見つめられて水原が足早に去るシーンがあり、一連の流れ（意図）が分かりにくい。脚本では、雨宿りに農家の軒先に入ると、仕事がなく昼間からヤケ酒を飲む亭主が、赤ん坊を抱える妻を無理に働きに出そうとして夫婦喧嘩を繰り広げる、農家の厳しい生活を描くシーンであり、水原が長居ができず足早に去る意図が明確である。

五所版には登場しなかった茶店での雨宿りのシーンは、野村版から描かれていく。原作では旅芸人と一高生との会話はないが、野村版では（冒頭の）馬車で席を譲ってくれた水原に栄吉が礼を伝え、千代が流産したために病院の帰りだと説明する。原作では千代子が発言する場面はほとんどないが、脚本および映画では年頃の薫を気遣う心優しい義姉に設定され、病み上がりながらもお座敷では芸人としての役目を果たしている。

また、原作では茶店には老婆と中風の老爺がいるが、脚本・台本とも茶店の家族構成が老爺と小母さんとその息子らしき小学生に設定され、そもそも老婆が登場しない。原作では、老婆が一高生に対して〈あんな者、どこで泊るやら分るものでございますか、旦那様。お客があればあり次第、どこにだつて泊るんでございますよ〉と旅芸人を激しく罵倒して一高生に衝撃を与え、後の物語の展開に大きく影響していく場面である。本作では脚本・台本ともに、老婆の代わりに小母が原作どおりの発言をし、〈水原、小母さんの軽蔑を含んだ言葉に一寸反感を覚えたが、何気なく上着を取りあげる。〉となっている。

茶店を出て天城峠を歩く場面で、脚本にはない千代・おたつ・

薫の会話が台本には挿入され、また水原と旅芸人とが出会って水原と栄吉が話し始める場面では、脚本と台本とではシーンが前後でかなり入れ替わっている。脚本では、水原と栄吉の後ろで薫（台本では百合）が〈一高よ、あの方。そうね…〉との発言に続けて、栄吉が水原に、自分も高校から大学へ行きたいと思っていた事がある、自分は湯ヶ野の生まれで湯の沢館の伜、今は人手に渡って親父は今でもそこの…、と身の上話を語り始め、湯ヶ野の湯の沢館の栄吉の父親喜平と順作のシーン、髪床（亀床）の亀吉と喜平とのシーン、旅芸人一行に水原が道連れになりたいというシーン、茶店で水原の金が見つかるシーン、という展開になっている。しかし台本では、百合の言葉に続けて、大島にも学生さんがたくさん来る（百合）、波浮の港に家がある（栄吉）、学生さんが冬でも泳ぎに来る（薫）、という原作どおりの流れに戻し、茶店のシーンが挟み込まれている。

前述したとおり、原作とは異なり、修善寺を出てから茶店、湯ヶ島、の展開である。湯ヶ島に着くと旅芸人たちは〈世古館〉に宿泊、台本ではここで水原が道連れになることが栄吉の口から語られ、行商人との会話も挿入される。薫が水原にお茶をこぼすシーンは原作どおりで、たつの〈まあいやらしい、この娘、色気付いたんだよ〉の言葉は脚本では〈あれあれどうしたの？〉に変更されていたが、台本では原作どおりに復活させている。その後、栄吉に湯本館に案内され、旅芸人たちの人員構成と、脚本では先に書かれた湯の沢館の生まれだという話がこの道すがら語られる。

湯本館の宴会の場面では、脚本にはない歌の歌詞や宴会の具体的な描写が台本には書き込まれている。この間、茶店の信吉少年が叔母の家に泊まって水原を探し続けるシーンが挟み込まれるが、脚本では僅かな台詞しかなく、台本では逆さ富士のショットからフェイドインし、お手玉歌が入るなど、田舎の風景とともに印象的に描かれる。原作では湯ヶ野で下田行きを一日延ばすが、本作では湯ヶ島でお座敷が入ったからと一泊延ばし、露天風呂のシーンになる。原作の裸で手を振るシーンは描かず、脚本も台本もお湯に行こうとはしゃぎながら手拭（脚本は手）を振るシーンに変更され、子供なんですね、という台詞を導いている。台本では、湯船に浸かるたつ、千代、百合の和やかな会話シーンが挿入され、温泉場らしさが描かれる。

栄吉は、友人修平とわさび畑で出会い、順作が会いたいと言っていたと伝言されるが栄吉は快い返事をせず、この後の伏線が敷かれる。脚本にはこのシーンがない代わりに、木賃宿で（栄吉と水原と薫は風呂の方にいる）お座敷は湯の沢館の息子の宴会だと聞いた千代がたつに伝え、たつは湯の沢館の息子は薫が好きなのではないかと噂し、さらに先の展開まで暗示している。

五所版では描かれなかった原作の五目並べのシーンは本作から描かれ、薫と百合が水原の部屋で始めるが、原作と違って薫は弱く、むしろ百合が助言しようとして薫に怒られる。台本ではそこに千代が迎えに来て百合は帰り、水原は薫に旅芸人の仕事について質問しながら五目並べを続け、髪が水原に触りそうになると薫は逃げるように外に出て水原も後を追って木賃宿まで送る（脚本では髪が触れそうになるシーンはなく淡々と会話だけ続ける）。薫はほてった頬を両手で覆うような恥じらう仕草のあと、二人きりの会話で薫は水原に東京のことや親兄弟について質問し、水原が孤児であることが判明、薫は大島に一緒にいらっしゃいと言う。水原は帰り道の雑貨屋で鳥打ち帽を購入し、先輩からもらったお札が無いことに気付く。

脚本では、雑貨屋の前で修善寺にいる杉村の友達で先輩の宮沢に偶然出会い、慌てて鳥打ち帽をポケットにねじ込み、カモフラージュしたことの気まずさを表現、宮沢は順作と寺島と同じ猟友会の仲間で雉を仕留め、湯本館での宴会にも誘われるという設定で描かれる。夜の宴会が順作の宴会だと承知していて気乗りしないまま順作たちの部屋に行くと、雉鍋をご馳走になりながら「大島節」などを披露、水原は隣の部屋で一人横になる。一方、台本では、猪を仕留めた順作が雑貨屋の婆さんに話しかけられ、水原は珍しそうに見ているだけで、順作との会話もなく、そもそも猟友会の宮沢・寺島は登場しない。夜の宴会は、世話人が手配したため役人の宴会との認識で栄吉たちが向かうと順作がおり、自分に恥をかかせるためにわざと順作が呼んだと栄吉は誤解して部屋を出てしまう。世話人や順作が栄吉を説得して宴会を再開、終わって居酒屋で酔いつぶれた栄吉を千代が迎えに行く、という険悪な展開になる。

水原と旅芸人一行が湯ヶ野へと出立する朝、脚本では信吉（茶店の子供）は農家（母親の知り合い）の牛小屋で目を覚ます。泊めてもらったお礼に薪割りの手伝いをしようとするが、老人にそんなことはいいから飯を食べていけと言われ、飯はいいと断ると食べないと歩けない、遠慮するなと逆に怒られる。老人は〈今日、一ぺえ探して見つかんなかつたら、うちへ帰えるだぞ……その金（筆者注 水原が茶店で落とした金）は、お前えんとこの、中風の爺さんが可哀そうだで神様が恵んで下さったと思やええだ〉と話す。台本にはないシーンである。台本では、信吉が母親の言いつけどおり湯ヶ島の叔母の家に宿泊したことまでは描かれるが、水原と旅芸人が下田に到着するまでの信吉の詳しい足取りは描かれず、所々で道行く姿を見せるだけである。

天城トンネルに続く街道とされる場所は、下田や大島がよく見えるという高い位置からの撮影で、嬉々とした薫が主題歌「伊豆の踊子」を歌い出し、伊豆の自然を背景にのんびりと歩く、最も旅芸人らしい風情を漂わせるシーンである。峠を越えると沢を見つけ、薫は手を入れるとよごれる（脚本―濁る）からとコップで水を汲んで水原に渡す。脚本・台本とも、原作の〈女の後は汚い〉とは描かれない。同じ時に、台本では一行が休憩した場所を信吉が通り過ぎて行く。脚本では信吉がトンネルに入る姿や、自転車に乗った巡査に尋ねようとするが見送って歩き出す姿が描かれる。薫は下田が楽しみだと言って、四十九日や櫛を買う話、活動へ連れて行ってください、という発言もするが、このあたりは原作では湯ヶ野に向かう場面であり、地理的に湯ヶ島から下田や大島は見えず、天城越えでの発言としては不自然な印象を受けざるを得ない。

湯ヶ野の入口にやってくると、〈物乞い、旅芸人、村に入るべからず　上河津村　湯ヶ野〉（「上河津村　湯ヶ野」の記載は台本のみ）の立札があり、それを見た薫が立ち止まると、映画では流れていた音楽の音量が上がり、不穏な曲調に変わる。薫は立札から目を背けて湯ヶ野には寄らずに下田に行こうと言うが、おたつは湯ヶ野での休憩を望み、湯ヶ野に向かうことになる。脚本では、通りかかった薬屋が旅芸人たちの状況を察して立札を引き抜き、薫にこんな立札は気にすることはない、湯の沢館の親爺が勝手に立てたそうだと言い、道端に放り込んで去って行く（台本では、通りかかった旅人が黙って立札を引き抜いて谷底に投げ込んで去る）一方、水原は〈此処はあんたたちの生まれた土地でしょう。酷いなあ〉〈この立札は誰が立てるんです?〉と怒りを露わにする。

　これ以降、脚本と台本とでは全く異なる展開になる。脚本では、湯ヶ野に着くと水原は突然走り出し、亀床で湯の沢館の場所を尋ねる。偶然居合わせた順作が湯の沢館の息子だと知ると水原は、湯の沢館の主人が村の入口に〈旅芸人村に入るべからず〉の立札を立てたと聞いたが、旅芸人たちが困っている、自分の生まれた土地へ入れないとは……と、特に薫の思いつめた様子をきっかけに積極的に抗議する。順作は親爺に行って引っ込めさせるから皆に入ってもらうようにと言い残して走り去り、水原もついて行く。湯の沢館に順作が駆け込み、父親の善兵衛の部屋で（母親も傍にいる）睨み合う。善兵衛はお前が薫にのぼせているという変な噂を聞いたから連中が村へ入ってこないように立札を立てたと説明、順作はあの人たちのどこが悪いのか、薫が好きだ、本気で嫁にしようと思っている、反対するならこの家を出て行く、と自分の意志を主張する。庭でこっそり話を聞いていた栄吉の父親喜平は去って亀床に向かう。

　場面は亀床に変わり、旅芸人と水原が休憩しているところに順作が息せき切って駆け込むと、親爺もやっと分かってお詫びしたいと言っている、一寸相談したいことがあると言って、薫を嫁に欲しいという話をまず栄吉と亀吉にするが栄吉は薫次第だと答える。その間に喜平がたつのところに合流して事情を話し、水原も大体を察することになる。亀吉は薫を呼んで嫁の話をすると、考えたこともないし先のことも分からないと答えてフェイドアウトし、次に下田近くの道を小声で歌いながら歩くシーンが描かれるなど子供っぽい様子が強調されるが、台本にはない。

　一方、台本では立札の次のシーンに、亀床を通りかかった喜平に亀吉が話しかけ、栄吉が喜平に時々手紙に小遣いを入れて送ってくるという栄吉の親思いの話が入り、喜平が去ったあと栄吉たちが入れ違いに現れる。そこに順作がやって来て栄吉に話をしようとするが、栄吉は立札に腹を立てており、それを知った順作は父親に立札を取り外すよう訴える。善兵衛は立札を立てたのは村会で自分ではない、栄吉には家に残るように勧めたが旅芸人の後を追って勝手に出て行ったと話すと、順作は何も知らない薫は可哀想だから引き取りたいと善兵衛を説得する。亀床に喜平も合流、栄吉のところに順作がやって来て、薫と喜平に席を外させて栄吉と二人になるところでカメラがたつたちの部屋に切りかわり、薫がいないことを確かめた喜平は順作が薫を引き取りたいと言っていると話すと、カメラは水原をアップで捉える。水原はそっと外に出て丘の上にいた薫と一緒に歩き、薫は景色を眺めながら生まれた家や小学校の話、東京に行きたい話などをして、百合に呼ばれて戻る。栄吉は薫に順作が湯の沢館に来て欲しい、ゆくゆくは嫁にほしいと言っていると伝えると、嫁に行くなど考えたこともない、兄さんと一緒にいたいと話す。下田に向かう海岸沿いの道を歩きながら、たつ・栄吉・千代は薫の噂話、薫は順作にもらってもらうといいと話し、海を背に水原の横顔がアップになる。海岸にいた薫は水原を呼んであれが大島、きっと一緒に来てくださいと言い、水原がアップになり下田の夜景に変わる。脚本の方が水原と順作、善兵衛と順作、栄吉と順作、それぞれが感情的にぶつかるが、台本ではそれぞれを認め合い、穏やかに進行する。

　下田に着くと、脚本では木賃宿で千代が水原に、法事を済ませたらすぐ波浮の港に帰るから一緒にどうかと誘うと、水原は学校があるから行けないと言って花代を渡し、薫を活動に誘うが薫は疲れたから今日はよすと断る。台本では、下田に着くと旅芸人たちが鶏鍋をつついているところに水原が訪ね、薫からあらかじめ聞いていた栄吉が明日東京へお帰りですって、と話しかけると学校があるからと答え、法事の花代を渡す。薫を活動に誘うと、千代が薫はとても疲れていると気遣いながら連れて行ってもらう?と聞くと、無言でかすかに頭を振り、断る。脚本も台本も順作と薫の結婚話が出てから水原の存在は後退し、薫が話の中心になるが、台本では特に薫の口数は少なく無表情であるが、水原の方を意識してフェイドアウトする。

　朝の下田港の場面もまた脚本と台本では異なる。栄吉が一人水原を見送りに来るところは原作、脚本、台本とも共通であるが、脚本では信吉が水原を見つけるが鳥打ち帽を見て違うと判断、水原は船着場で栄吉から柿を受け取り、鳥打ち帽を栄吉に渡し、学生帽を出して被ると薫を見つけて駆け寄ろうとしたところに信吉が話しかけて紙幣を返すが信吉にお礼にあげてしまう。水原は薫に近寄り、薫が活動に行けなかったことを詫びると僕も行かなかったと言い、薫から櫛をもらい、シャープペンシルを渡す。水原は薫に、仕合わせにね、と伝え、そばに来た栄吉に、薫さんを仕合わせにしてあげてくださいと言って艀に乗り、本船から汽笛が響いてくると薫が駆け出し、水原さんと叫ぶと石につまずいて転ぶ。起き上がって走ろうとする薫を栄吉が抱きとめると、薫はまた水原の名を呼び、栄吉は水原に対する薫の意外に激しい恋心を知る。水原は艀の上で涙を流し、薫と栄吉は沖の方を見送って、幕を閉じる。

　台本では、栄吉はみかん売りの行商からみかんを買って水原に渡し、水原は栄吉に鳥打ち帽を渡し、水原は学帽を取り出して被る。水原が岸壁にしゃがみ込む薫を見つけ、栄吉と近づく。栄吉が切符を買いに行くと、水原と薫は櫛とシャープペンシルを交換、このあと信吉が現れて紙幣を渡そうとするが水原は受け取らない。また原作どおり、土方風の男に付き添われて、息子夫婦に死なれたという孫三人を連れた老婆が来て、霊岸島に着いたら上野駅の電車に乗せてほしいと頼まれる。銅鑼の音が鳴り、水原は栄吉に、薫さんを仕合わせにしてあげてくださいと伝え、船に乗り込む。「螢の光」が流れ、船が出航、別れの言葉を交わし、皆が手を振る。水原は甲板でいつまでも水面を見つめていると、学生が近づいてきて何かご不幸でもあったのかと声をかけられ、水原は人に別れてきたと答えるのも原作と同様である。しゃがんだまま波を見つめる薫、別れを象徴するかのように波間に浮かぶ片方だけの下駄を写して終わる。

以上のように、特に後半部分は、脚本からカットしたシーンや前後を入れ替えたシーン、台本に新たに加えたシーンなどの変更が多くあり、最後の老婆が登場するシーンや船に乗り込んだあとのシーンにおいては、原作に近づけようとした野村監督の意図が顕著であることが明らかである。

[5] 美空ひばり踊子役の意味――本格派女優として

一九四九年三月に『のど自慢狂時代』で銀幕デビューした美空ひばりにとって、一九五四年の『伊豆の踊子』は四七本目の映画(注35)で既にベテランであり、その前年一九五三年一一月には横浜に九〇〇坪のプール付きのいわゆる〝ひばり御殿〟を建てている。斎藤完(注36)によれば、この頃のひばりはいかに子役、豆歌手から脱するかが課題であり、『伊豆の踊子』は試行錯誤の一環だったと記している。当時一七歳のひばりが文芸作品で演技派を目指す路線が慎重に準備された企画だった。

「伊豆の踊子」の映画化については、池部良が川端の了承を得て、東宝で監督豊田四郎、主演有馬稲子・池部良、脚本は小国英夫・梅田晴夫で準備に入っていたが、この話を聞いた美空ひばりが松竹に「伊豆の踊子」をやらせてほしいと訴え、石濱朗との共演でプランを立てた。板挟みになった川端は、両社とも一旦中止という結論を出した、と「毎日新聞」が報じている(注37)。翌年には美空の希望がかなって松竹での映画化が実現、「読売新聞」(注38)夕刊には「演技女優めざす〝ひばり〟「伊豆の踊り子」再映画化に大ハリキリ」の記事が出る。

美空ひばりが『伊豆の踊子』の主演を熱望していたことは川端の発言からも確認できる。

美空ひばりさんがやった「伊豆の踊り子」は、ぼくの小説を映画にしたものの中でも、いい中に入る一つだと思いました。あの人がやりたいというので、やったのですが。ああいう物語はやりいいんでしょうね。誰でもやりたくなるんじゃないかな。(注39)

〈ああいう物語はやりいい〉かどうかは別として、〈あの人がやりたいというので、やった〉というのは、新聞報道と合致するものである。これら一連の記事からは、川端が映画制作に関して単に承認するだけでなく、俳優や制作側と直接的な関わりを持っていたことが垣間見える。

川端は〈ぼくの小説を映画にしたものの中でも、いい中に入る一つ〉と好意的に捉える一方で、辛口の評価も見られる(注40)。

美空にとっては従来の〝歌もの〟とはちがった一つの転換を示す作品であり、石浜との新たなコンビも興味がもてる。(中略)情感とぼしいキャメラ(西川亨)もさることながら、野村監督は伊豆の風景的なものからの叙情味は追わず、ひたすら思春期の〝恋〟を清らかに描くことに力を注ぎ、(中略)すがすがしい〝初恋〟の情を巧みに描き出している。/美空はまだ変に身体を動かす芝居グセがとれないのと、表情に明るさの欠ける短所はあるが、演技力は伸びた。石浜のユニークな味はいいが、彼もまた神経質すぎた表情に欠点がある。

〈情感とぼしいキャメラ〉〈叙情味は追わず、ひたすら思春期の〝恋〟を清らかに描く〉といった表現からは、メロドラマ的な展開がなく、ひばりや石濱の表情に乏しい演技に物足りなさが指摘されている。確かに、ひばりの演技は無表情に見えるほど地味であり、それも意図しての結果ではあった。これが一般大衆の感想を代弁するものであるとするならば、鑑賞者が映画に求めているものは原作に忠実な文学性ではなく、感動的な展開の映画性、ということになる。

さらに、文芸作品の映画表現について言及するのは、上野一郎の評価である（注41）。顔ぶれに新鮮味があり、テンポがスムースで過度のセンチメンタリズムもなく当世向きと褒める一方で、アプレ向きであり、この映画にほしいリリシズムがない、と指摘する。〈明るい南伊豆の風物のなかからゆきずりの高校生と旅廻りの踊子の淡い恋情の交流がほのぼのと浮かび上がってこなければならない〉が、テクニックはあるものの〈演出の重点の置き方、題材の摑み方に狂いがある〉、原作に忠実であるが〈かえってそれが映画の純粋さを妨げている〉、一高生と踊子の話が隠れており、二人の淡い恋ごころを正面に押し出して進めるべきだった、とする。伊豆の風景の美しさで徳《ママ》をしているが、役者については、石濱も美空も若さと柄だけで演技力が伴っていない、内面的な感情の動きが十分に現れなかった、と批判的であり、主役の二人よりも片山昭彦はじめ旅芸人たちを評価している。

以上のように、ひばりの演技に対する評価はあまり高くないが、斎藤完（注42）は、恋愛を主題に据えた文芸作品に演技派女優として挑戦した『伊豆の踊子』は、〈子役からの脱皮を初めて本格的に、そして戦略的に試みた作品であることは間違いない〉としている。

［6］映画と音楽――野村芳太郎と木下忠司

歌手美空ひばりが演技派女優を目指した映画とはいえ、サイレントの五所版とは異なる初めてのトーキー版『伊豆の踊子』であり、主演が人気歌手となれば、観客は少なからず音楽や歌にも期待を寄せたはずである。

音楽を担当したのは、映画監督の木下恵介の実弟、木下忠司である。国立映画アーカイブでは二〇一六年、木下忠司の生誕一〇〇年を記念して「生誕100年　木下忠司の映画音楽」を開催し、木下が音楽を担当した『伊豆の踊子』の二作目野村版と三作目川頭版を上映している。

木下忠司は兄恵介が監督した『我が恋せし乙女』（一九四六年）がきっかけで松竹音楽部に入り、若手監督の映画を多く担当した。子供の頃から映画好きでよく観たという木下は、脚本を読んで映画をよく理解し、単なる挿入歌ではなく、歌そのものがドラマの中に深く入り込むことを心がけた。映画音楽に必要なのは、ドラマに対する感覚や感受性だと語っている（注43）。野村版『伊豆の踊子』では、実際に伊豆に出向き、主題歌「伊豆の踊子」や「いでゆの里」、作中に登場する「湯ヶ島音頭」を作詞作曲したという（注44）。

小林淳は次のように述べる（注45）。

木下は主題歌一つで映画全体が発してくる主題性を表現しようとする。主題歌（挿入歌）をドラマの奥深くまで溶け込ませようとする。イメージ・ソングの枠にはとどまっていない。映画に機能しなければ映画音楽とはいいがたい。

野村監督は『伊豆の踊子』では地方ロケにこだわり、伊豆の自然をあらゆる角度から撮影した。その画を壊さないように、木下は音を付けている。シーンを追いながら、音楽や効果音について見ておきたい。曲名や効果音などに傍線を付す。

冒頭は、雪景色の富士山を背景に、子どもたちが近づいてくるにつれ「箱根八里」の歌声が徐々に大きくなり、見渡す限りの田園風景は包み込むような穏やかさを伝える。そこに、轍の音を立てながら乗合馬車が走ってくる。子どもたち、風景、馬車の中、富士山、馬車……と細かいカットで繋いでいく。そこに自動車が現れ、クラクションが鳴り響き、富士山を背景に自動車と馬車と二台並ぶショットはまるでレースの様相を示し、人物のアップや上（空撮）からの風景ショット、橋の下からの馬車のショットなど、多様なアングルで動きを描写する。温泉宿では、窓際の椅子に腰掛けて窓から外を眺める水原が、橋の欄干に佇む薫をじっと見つめる視線を送ると、そこにオルゴールが静かに流れ、これ以降、薫と水原二人のシーンにはオルゴールが象徴的に使用される。酒に酔った杉村がアカペラで歌う第一高等学校寮歌、窓の下には夜の温泉街の賑やかさが広がる。酒が飲めない水原は逃げるように散歩に出て、絡んでくる客引きの女たちを避けて歩きながら。やがて旅芸人たちの門付けに遭遇する。千代の三味線を伴奏に栄吉が歌うのは島根県民謡「関の五本松」、薫は太鼓を打ちながら高らかに合いの手を入れ、百合が踊る。ひばりは合いの手だけで歌わないが、歌い慣れた張りのある華やかさが加わる。

サイレントの五所版とは違い、旅芸人として宴席での芸の披露や、歌う場面が多く挿入される。修善寺温泉でのお座敷では、千代の三味線と薫の太鼓を伴奏に、栄吉が歌いながら改良剣舞を見せる。

薫が歌うのは、天城の峠道で水原が旅芸人に追いつき、芸人たちと共に歩き出して大島に学生が泳ぎに来る話をするあたりで、木下忠司作詞作曲の「いで湯の里」をアカペラで鼻歌のように自然に歌い出すのである。

原作で描かれる湯ヶ野福田家の宴会の場面、つまり一高生の〈私〉が宴席にいる薫の身を案じて眠れぬ夜をもんもんと過ごす場面は、野村版では湯ヶ島の湯本館での宴会である。鉱山夫たちが大騒ぎをしながら歌う「唐人お吉の唄」や「ノーエ節（農兵節）」など静岡ゆかりの曲が流れ、客に絡まれる薫が逃げまわり、水原が部屋でその騒ぎをじっと聞き入る場面でフェイドアウトする。次にフェイドインしながら映し出されるのは逆さ富士で、それは田んぼで前屈姿勢を取り、両股の間に頭を入れて眺める信吉の視線が捉える景色であることが判明する。その恰好から前転して女の子と歌いながらお手玉を始めるという、手の込んだ展開である。二人が歌うのは〈赤坂赤坂赤坂の四谷の

とん　おちょろのおちょろのお茶の水…〉という、伊豆地方で歌われていたらしい童唄である。一〇円札を届けるよう母親に言いつけられ、伯母を訪ねていた信吉が無事であることが分かる場面でもある。そこに伯母が現れ、早く書生さんを探しに行くようにと促される。伊豆ののどかな景色の中で童唄を歌いながらお手玉遊びをする子どもたちに、老婆の優しく諭す声が、秋の陽射しの中に温かく溶け込む。信吉の旅を案ずる切ない気持ちを見る者に起こさせる、不思議と印象に残るシーンである。幼い少年の一人旅は、川端の幼い日々を連想させる意図もあったのだろうか。

その後、再び湯本館のシーンになり、下田への出立を一日延ばすことを話しに栄吉が部屋に訪ねてくると、表の浴場から薫たちの騒ぐ声がする。原作では、共同浴場で踊子が裸体で飛び出して手を振り、〈私〉は踊子が子供なんだと自覚する場面であるが、ここでは栄吉がその声を聞いて〈やっぱり子供なんですね〉と発言する。このシーンは湯本館の露天風呂で撮影されており、当時は川の中州と川岸の二箇所に露天風呂があったが、一九五八年九月の狩野川台風で中州の方は流されてしまったため現在は存在せず、貴重な記録映像である。なお、川端はこの風呂で大本教の出口王仁三郎の妻と娘を目撃している（注46）。

水原の宿からの帰り道に、栄吉はわさび畑で友人に会い、順作と湯ヶ野で会うきっかけになる話が挿入される。千代と薫と百合が水原の部屋で五目並べをし、宿に帰る薫を水原が送る場面では、水原が薫に自分が孤児の身の上であることを話し、帰りに鳥打ち帽を買うシーンへと続く。その後、旅芸人たちは湯本館での猟友会の宴会に呼ばれ、順作と栄吉がもめて険悪になるが、気を取り直して歌うのが木下忠司作詞作曲の「湯ヶ島音頭」である。歌は栄吉、薫と百合は手ぬぐいを持って踊る。順作の視線は薫を捉え、薫、順作、栄吉とカメラは細かいカットバックで複雑な心境を表現する。宴会後に栄吉は断っていた酒を飲んで酔いつぶれ、以降、栄吉一家のストーリーが前面に出て、水原の存在は後退していく。

トンネルを抜けて湯ヶ野に向かう道筋では、木下忠司作詞作曲の主題歌を二度に分けて薫が歌うシーンが挿入される。湯ヶ野に入る分かれ道に立つ〈物乞ひの旅芸人　村に入るべからず〉の立札に遭遇すると、音楽の音量が上がり、不穏な曲調に変わる。

下田の別れのシーンでは、船が出る合図に銅鑼の音が断続的に入り、緊迫感を増す。船が動き出すと「螢の光」が流れて、汽笛が長く鳴り響く。人々の別れの声に混じって栄吉や信吉も別れの言葉を叫び、「螢の光」のメロディーに混じって、船に打ち寄せる波の音が入る。

以上のように、木下忠司作詞作曲の主題歌や挿入歌が流れ、また伊豆に関連した民謡や童唄などが効果的に多様され、BGMや効果音が要所要所に挿入されている。自然描写や生活音なども生かし、必要以上の音は使用していない。主題歌は、ひばりによる歌だけでなく、メロディーのみの場合や、音の強弱による表現、楽器の使用などにも気を配っている。伊豆の自然を生かしながら、登場人物の心理や動きを細やかに表現する工夫がなされ、〝歌手美空ひばり〟を前面に出さない方針が貫かれたと言えよう。

（3）一九六〇年五月　川頭義郎監督・田中澄江脚色『伊豆の踊子』

［1］あらすじ

昭和の初め、春休みに坂本を追いかけて修善寺温泉にやってきた勉強熱心な水原は、宿で耳にするお座敷芸をうるさいと思いながらも、見かけた旅芸人の踊子が気に掛かっている。一方、旅芸人たちに近づく小間物屋は、薫を置屋に入れないかと母親たつに持ちかけるが、これを最後に大島で補習学校に入れると言って断る。水原はもっと静かな場所に行きたいとの思いから、湯ヶ島へと向かう。水原の宿で開かれていた役人たちの宴席に旅芸人たちが呼ばれており、酔客に絡まれていた踊子を水原が助ける。女中から、旅芸人たちは天城を越えて湯ヶ野に行くと聞き、水原も同じルートを辿ることにする。峠で雨に降られ、茶屋で雨宿りする旅芸人たちと一緒になった。茶屋のおばさんから、旅芸人たちは情が深くていい人たち、千代子と薫の二人は三味線のお師匠さんの腹違いの娘、一緒にいる栄吉は上の娘と一年ほど連れ添っている感心な男だと聞かされた。先に出発した踊子たちとトンネルで合流すると、下田まで一緒に旅をすることになる。小間物屋も一緒になり、今度は雇いの娘百合子に下田で稼がないかと声をかけていた。湯ヶ野に着くと「物乞い旅芸人入るべからず」の立札があった。踊子と水原が二人でいると、小学生に囃し立てられ石を投げられた。水原は途中で鳥打ち帽を買い、栄吉は自分たちとは別の宿に水原を案内した。宿の主人は水原が一高生であることを知ると喜んで受け入れ、高校受験を控えた息子三郎の勉強を見てほしいと頼まれる。薫と百合子が宿に訪ねてくると一度は女中に追い返されたが、水原が通すように女中に言い、薫と水原はおはじきをして遊んだ。栄吉が呼びに来るとお座敷へ行き、百合子と薫は客に絡まれ、母親が二人を先に帰らせる。帰り道、百合子は小間物屋に会うと芸者に世話して欲しいと頼み、翌朝早くに二人で下田に発ってしまった。一方、薫は水原に自分たちの身の上話をしていて帰りが遅くなり、不機嫌で酔っていた栄吉に頬を叩かれて外に飛び出す。追いかけた千代子は薫を宥めていると栄吉が現れ、千代子にも不満を漏らすが、千代子は自分が妊娠していることを栄吉に告げると、家族になることを承諾する。そのことを母親たつにも話すが、下田に着くと千代子は流産し、身動きができなくなる。資金に困ったたつは元弟子で飲食店を営むおせんに借金を頼むが断られ、夜遅くまで一人三味線を持って稼ぎに出る。水原は何とか金を工面しようとするが何も出来なかった。翌朝、訪ねてきた薫に会うと、まだ大島に帰れないからお別れと言われ、制服のボタンをちぎって薫に渡し、薫からは簪をもらう。薫は宿に戻ってたつに化粧をしてもらっていると、栄吉が来て水原が今夜の船で東京に帰ることを告げる。たつは薫に港に行くよう促すが、薫は動かない。一方、港では栄吉が水原を見送り、水原から鳥打ち帽をもらう。やがて薫が走ってくるが船は出た後だった。船上で薫に気づいた水原は手を振り、薫も手を振った。二三日経った朝、海の見える山道をたつと薫が歩いていると百合子が追って来てたつに謝り、一緒に連れて行って欲しいと懇願し、三人は「君恋し」を歌いながら旅を続けるのだった。

［2］脚色されたストーリー

『伊豆の踊子』三作目にして初のカラー映像である。監督の川頭義郎は、優れた庶民感情を細やかにとらえたホームドラマや親子関係をテーマにした家庭劇を得意とした。脚本を担当した田中澄江は、一九五六年西河克己監督『東京の人』、一九五八年川島雄三監督『女であること』と、いずれも川端原作の脚本を担当し、『伊豆の踊子』は三作目の川端作品である。一九五〇年代から成瀬巳喜男と組んで優れた文芸映画を残しており、井手俊郎との共同脚本で川端が監修した林芙美子原作『めし』（一九五一年一一月）は第二五回キネマ旬報ベスト・テン第二位、一九五一年度芸術祭参加作品に選出されている。『伊豆の踊子』の前作二作はともに伏見晁脚本であり、二作目野村版はいわば作り直された〝リメイク〟作品だったのに対し、川頭版は純粋な意味での再映画化、つまり伏見の手を離れての田中脚本による〝リメイク〟であり、前作二作とは全く異なる展開を取る。

　原作から時系列に場所を入れ替えて修善寺から始まる展開は、前作と同様である。季節は春に設定され、伊豆の山々を背景に、春の花々や鳥の囀りなどの自然描写や生活音が豊富に盛り込まれる。薫が花びらをむしって花占いをする様子や、子猫や犬などの動物を抱いて可愛がる姿、何かにつけすぐすねる性格描写など、薫の無邪気な子供らしさが強調される。水原よりもむしろ薫のアップが多く、薫の明るく華やかな表情が印象的に描かれ、衣装も赤を生かした色調が多い。踊子薫役の鰐淵晴子は当時一五歳で、六作品の映画『伊豆の踊子』の踊子役で最も若い。日本人の父親とドイツ人の母親とのハーフであり、目鼻立ちのはっきりした華やかな顔立ちであることが作品に大きく影響している。鰐淵は、本作の三五年後、川端原作「眠れる美女」の映画化（横山博人監督、一九九五年一〇月公開）に宿の女城所松子役で出演し、エキゾチックな謎めいた女性を好演した（注47）。

　一高生の名は水原、四十女はたつと名付けられているのも、前作の野村版を引き継いでいる。旅芸人たちの人物構成は原作と同様であるが、その関係性が変更されており、前作二作とも異なっている。つまり、構成は四十女のたつ、栄吉と千代子、薫、雇いの百合子であるが、栄吉は千代子と正式な夫婦ではなく事実婚の関係、千代子と薫はたつが芸者時代に産んだ父親違いの姉妹として設定されている。また、原作にも前作にも登場しない、大島で共に旅芸人をしていたたつの弟子せんは、独立して下田に小料理屋を構え繁盛させている女性として設定されている。苦難を乗り越えながら力強くしたたかに生きようとする女性たち、温かい愛情で繋がれた母娘の物語が中心であり、水原と薫の淡い恋物語は、母娘物語のむしろサイドストーリーになっている。原作が一人称小説として一高生〈私〉の視点からのみ描かれ、前作二作の映画では水原と栄吉、宿の主人と息子、つまり男性がストーリーを動かす主要人物に据えられているのに対し、本作では薫を始め、母親や千代子、百合子、それぞれの女性たちの視点や立場からの物語が描かれることが大きな特色となっている。

他の映画では座長を務めるのは栄吉だが、本作では座長はたつであり、座長として他の四人を束ねる役目を担う一方で、父親違いの娘二人を女手一つで育て上げた力強い母親でもある。たつ自身が正式な夫を持たなかったことから、内縁関係にある栄吉と千代子に籍を入れるよう助言をし、特に栄吉には千代子の母親として入籍を懇願する場面がある。アダプテーション作品では、四十女は一座の目付役として薫と一高生の関係に気を配り、厳しい眼を向けることが多いが、本作では身分違いであることを気にかけて薫を諭すような発言はない。水原も薫もかなり幼い設定で描かれることが影響しているとも考えられるが、何よりも女性を描くことに力点を置く田中脚本の特色が発揮されていると言えよう。

どの作品においても積極的には描かれない雇いの百合子は、本作では好奇心旺盛で自由奔放な女性であり、薫にライバル心を抱いている。湯ヶ野から下田に出立する際に、小間物屋の男に焚き付けられて芸者になろうと一座を抜け出す。しかし、ラストシーンでは、置屋で体を売るように言われて逃げ出して来たと、たつに謝罪して一座に合流、共に旅を続けることになる。

水原が修善寺を出立したのち、峠で雨に降られて茶店で雨宿りをする旅芸人たちと一緒になる展開は、原作や野村版以降同様であるが、本作の独自性は、茶店の老婆が旅芸人たちは情が深くていい人たちだと水原に語り、千代子と薫の二人は三味線のお師匠さん（四十女たつ）の腹違いの娘であることや、一緒にいる栄吉は上の娘と一年ほど連れ添っていると話しながらも、栄吉は感心な男だと褒めることである。つまり、身の上について同情はするものの、旅芸人たちを蔑むような発言は一切せず、むしろ人間性を評価し、好意的に接するのである。原作で峠の茶店の老婆が旅芸人たちを罵倒し水原の胸に刻印される強烈なせりふは、水原を訪ねてくる薫と百合子を温泉宿の女中が追い返す行為や、女中が水原に発する〈あんなものを、おへやによぶと何かとまちがえられますですよ〉といった発言に代行される。

〈物乞い旅芸人入るべからず〉の立札は、天城トンネルを抜けて村の分かれ道にあり、薫と水原が分教場の前を通りかかると子どもたちに石をぶつけられ、〈物乞い旅芸人入るべからず〉〈ここを通っちゃいけないんだぞ〉と小学生が囃し立て、中学生は〈高等学校の生徒が旅芸人と歩いてるぞ〉と大声で叫ぶ。大人から植え付けられた価値観、勉学に励むべき高校生が踊子と一緒に歩いていることへの違和感を、子供たちは正直に表現する。芸人たちに対する村人たちの差別意識は消されているわけではない。薫に〈高等学校の生徒って偉いの?〉と聞かれる水原は〈偉くなんかないよ〉と答えて、一高の帽子をポケットにしまい込む。このあと鳥打ち帽を買うことになり、それまでの流れが自然な展開で準備されている。原作は鳥打ち帽を買うことの説明は何もなく読者に理解を委ねており、五所版も説明はない。野村版にも説明はないが、薫に自分が両親も兄弟もいない孤児であることを告白した帰り道に購入し、支払おうとポケットを探ると杉村からもらった一〇円札がない、そのことを気づかせるきっかけにもなっている。四作目以降にも触れておくと、四作目の西河版（吉永小百合）の準備稿では、下田行きを一日延ばすことを約束して宿に戻る道すがら、栄吉と散歩をするシーンで次のように語られるが、完成台本ではカットされた部分である（一高生の名前は川崎）。

栄吉「（川崎の鳥打ち帽に気付いて）お帽子をどうなさいました？」
川崎「（笑って、鳥打ち帽を取ってみせて）昨日これを買ったんです。学生帽よりこの方が何となくいゝと思って……」
栄吉「私共にご遠慮なさらなくてもいゝのに……」
川崎「え……？」
栄吉「（岩をおりて行きながら）そろそろかえりましょうか」
川崎「えゝ」

恩地日出夫版（内藤洋子）ではここにさらに栄吉の言葉が加筆される。

栄吉「（川崎の鳥打ち帽に気付いて）お帽子をどうなさいました？」
川崎「（笑って、鳥打ち帽を取ってみせて）昨日これを買ったんです。学生帽よりこの方が何となくいゝと思って……」
栄吉「私共にご遠慮なさらなくてもいゝのに……」
川崎「え……？」
栄吉「旅芸人なんて世間さまは人間なみに扱ってくれません」
川崎「そんな……」
栄吉「いいえ、私はもうあきらめてます。あの女房とは惚れ合って一緒になったんですし、（岩をおりて行きながら）そろそろかえりましょうか」
川崎「えゝ」

〈孤児根性〉に対応する〈旅芸人根性〉（「少年」）のような負い目を、鳥打ち帽をきっかけに、むしろ栄吉が川崎に告白する流れになっているのである。
六作目の西河版（山口百恵）では、四作目の西河版（吉永小百合）で大学教授役（一高生の後の姿）を務めた宇野重吉がナレーションを担当する。鳥打ち帽の場面はまさに宇野のナレーションを通して川崎の考え（内面）として次のように説明される。

次の朝、八時が湯ヶ野出発の約束だった。私は途中で買った鳥打ち帽をかぶり、高等学校の制帽をカバンにしまいこんだ。その制帽を脱ぐことで、一緒に旅をするみんなとの間の距離をとりのぞきたいと思った。

つまり、会話やナレーションの力を借りずに、一高生の思いを映像で分かりやすく展開させているのが、川頭版の特徴なのである。
〈物乞い旅芸人入るべからず〉の立札がもう一箇所、橋のたもとにあり、水原は村の方に向きを変えてしまう。ある子供が元通りに戻そうとするが、水原と薫が自分たちの子犬を助けたことを知った子供が止めに入る。ここでもまた、大人たちの価値観に左右されずに自分の意志を表明する子供が描かれる。この立札は、六作品全てに登場するが描き方はそれぞれ異っており、物語の展開に直接影響を与えているのは、前述した野村版である。

もう一つの特色は、千代子が栄吉の子どもを身ごもっており、下田に着くと同時に流産することである。原作や五所版以外で描かれる、旅の途中での千代子（千代）の流産は過去のできごとであるが、本作では水原の目の前で起きる。したがって、原作で何度も繰り返される大事なキーワードの一つ〈四十九日の法要〉の言葉は当然ない。現場に居合わせる水原は、何かできることはないかと模索して力を尽くそうとするが、財力も行動力もない学生であり、結局何の役にも立てない非力な存在として描かれる。エリート一高生として必要以上に持ち上げられることはなく、むしろ苦労を乗り越えて力強く生きようとする女性たちの方が優位に描き出されるのである。

西河（注48）は本作を〈松竹流のメロドラマの中の「母もの」の型にはめた作り方を指向したのであろう〉と述べている。佐藤忠男によれば（注49）、一九四〇年代の終わり頃から五〇年代の終わりにかけて、敗戦後の占領下は抑圧された戦時からの解放感がある一方で、悲嘆と感傷的な時代でもあり、そのような時代を反映して制作された鑑賞的なメロドラマが三益愛子や望月優子らによって演じられた〈母もの〉である。演ずる中高年の母親の悲哀の表情は〈母親として子どもを育てるためにその人生の全てを犠牲にしてきた〉ことを表し、〈もし、子たちがこの親の苦労を忘れて勝手なことをしたら、親はうらめしさのあまり死んでも死にきれないであろうという気分〉を示しており、〈母ものは、そういう気分をメロドラマ的に拡大して見せるものであった〉とし、母親の共感を呼んだばかりでなく若者たちをも泣かせたという。

佐藤の指摘にあるメロドラマが〈母もの〉の典型であるとするならば、川頭版が表現したものはいわゆる〈母もの〉とは方向性が異なるようである。〈子どもを育てるためにその人生の全てを犠牲に〉したといったネガティブな描写はされず、むしろ困難に陥りながらも、その苦難を乗り越えてしたたかに生きようとする前向きな母親と、そのような母親の姿を見て支え合って生きて行こうとする娘たちの姿をこそ描出する。川頭と田中とのコンビによる世界観や特色が生かされた作品だと言えよう。

[3] 原作・準備稿・完成稿との比較から
――お座敷唄などの音楽に触れつつ

本作品の台本は何種類か存在しているが、早稲田大学演劇博物館所蔵の台本（昭和三五年三月二四日付、四月一一日付）、松竹大谷図書館所蔵の完成台本（「昭和三十五年五月十日完成審査」）とを比較すると、挿入された音楽が複数箇所において異なっていることが分かる。原作や台本（四月一一日）と完成台本（五月十日）、他の映画作品との比較や、ストーリーや音楽の変更点等に注目しながら、翻案の細部について考察していく。なお、四月一一日付の台本は「準備稿」、完成台本は「完成稿」と記すことにする。

　音楽を担当したのは、前作に引き続き、木下忠司である。木下が書いた映画音楽作品は四百を超えるが、本作監督の川頭義郎が木下忠司の兄木下恵介の助手だったこともあり、四六歳で歿した川頭が監督した全二四作品のうち二一作品を木下と組んでいる（注50）。

　旅芸人一座の座長で三味線の師匠でもあるたつは、若い百合子や薫が酔客の男たちに絡まれるのを庇い、代わりに酒を飲まされる役も引き受ける、百戦錬磨のベテラン芸人として描かれる。お座敷や温泉街の流しで三味線をかき鳴らしながら歌い歩き、温泉情緒を引き立ててもいる。映画六作品の中では、温泉を渡り歩く旅芸人らしい芸を最も多く披露しているのが本作である。湯ヶ島温泉の湯本館や湯ヶ野温泉の福田家、下田の甲州屋といった地名や旅館名を本作では出している。

　水原が修善寺の坂本の宿を訪ねてしばらく会話を交わした後、共同風呂に誘われて行くと、坂本が湯船で第一高等学校の寮歌を〈嗚呼玉杯に花うけて～〉（第十二回紀念祭東寮寮歌）と歌い出す。一高生の象徴として一高の寮歌を高らかに歌うのは野村版も共通している。野村版では風呂上がりに酒を飲んで良い気分になっているところで歌い出し、酒を飲めない水原がその場を逃げ出して温泉街を歩き、踊子を見かけるという展開になる。本作では屋外で男性ばかりしかいない共同浴場を覗いた百合子が薫たちに驚きを報告、まさにその共同浴場から出て来た小間物屋にたつは挨拶をされ、薫を置屋に入れないかと誘われるが、薫はこの旅を最後に大島で補習学校に入れるのだと断ると、小間物屋は〈勿体ねえなア……これからが、かせぎざかりだのに〉と言う。話を聞いていた百合子が私は芸者になれないかと小間物屋に話しかけ、のちに下田の置屋に行くことになる二人の危うい行動の伏線が示される。一方で、薫にとってこの旅が旅芸人としての最後の旅、つまり旅芸人から足を洗うという将来が冒頭で開示されるのである。

　流して歩く旅芸人にお座敷がかかり、三味線伴奏で歌う曲は「大島節」である。大島に住む旅芸人たちとの出会いを象徴する曲として挿入されたと考えられるが、一方で水原は三味線の音は嫌いだと耳を塞ぎ、もっと山の中に行きたいと言いだし、湯ヶ島に行くきっかけとなる。共に旅をすることになるものの、旅芸人とそれを受け止めきれない水原との構図が冒頭で暗示されているとも言えよう。

　修善寺を出て旅芸人たちが湯ヶ島に向かう馬車での移動中、アコーディオンの伴奏に合わせて流れるのは当時よく歌われていた「お一二の薬」の歌（注51）である。

　湯ヶ島に到着し、水原が狩野川で釣りをしながら本を読んでいると、たつと薫が洗濯をしに来る。薫はいきなり川に首をつけて髪を洗い出す。準備稿では〈眼をそらす水原〉とあるが、完成稿では〈みとれる水原〉であり、全く逆の演出に変更されている。

　その晩、湯ヶ島の湯本館では視察に来た官庁事務官のお座敷に旅芸人たちが呼ばれる。準備稿では、何が得意なんだと聞かれた百合子は「ストトン節」と答える。「ストトン節」は一九二四年頃の流行歌（注52）である。（西河克己監督　主演山口百恵『伊豆の踊子』では、山口百恵が四つ竹を鳴らしながらこの曲に合わせて華やかに踊る〉。続いてたつが三味線で歌うのは宮城県民謡「さんさ時雨」（作者不詳）である。しかし完成稿では事務官に〈何か得意なものをやれ〉と言われてたつが歌い、薫と百合子が合いの手を入れ、四つ竹を持って踊り出すのは福島民謡「会津磐梯山」であり、続いてたつが歌うのは「さのさ節」である。明治三〇年頃から流行した俗謡であり、〈今しばし文もよこすな　便りもするな　僕の勉強の　邪魔になる　やがて卒業のネェ　あかつきは　天下晴れての　僕の妻　ハサノサ〉の部分である。まさに水原は近くの部屋で勉強中であり、無理に酒を飲ませようとする事務官が逃げる薫を廊下まで追いかけて来ると水原に遭遇し、水原はきっぱりと〈しずかにしてくれませんか〉と制止し、薫を助けるのである。準備稿の曲よりも宴会の騒ぎをより一層伝える選曲がなされ、シーンに合わせた歌詞が選ばれていることが分かる。

　このあと床を延べに来る女中に〈あの芸人たちは今夜ここへ泊るのかい〉と聞き、原作では老婆が発する侮辱的な言葉を女中が〈とんでもありません……あんな旅鳥……どこに泊まるやらわかるもんですか。お客のあり次第どこへでも泊るんでございますよ〉と答えるのである。宴会芸の騒々しさや酒を無理強いする事務官から逃げる薫を目撃した直後に配置することで、原作の言葉はよりリアリティを持ち、展開が立体的で分かりやすくなっていると言える。

　湯ヶ野に向けて出発する途中、天城で雨に降られる。茶店に着く前に一行から遅れた栄吉と千代子に会う。準備稿では水原が着ているマントを傘代わりに渡して峠に向かうが、完成稿では自分が差してきた傘を渡し、自分は代わりにマントを被って走り去る。僅かな違いでも、見た目の印象は随分変わる。

　湯ヶ野の福田家には、他の作品には登場しない受験生の息子三郎が登場し、宿の主人は水原が一高生であることを知ると、勉強を見てくれたら宿賃はいらないとまで言って歓迎する。三郎は笑いを取るユニークなキャラクターに設定されている。夜になると三郎は参考書を抱えて水原の部屋を訪ねる。宴会場から聞こえてくるのは旅芸人たちが歌う「鹿児島おはら節」である。

　福田家では踊子との五目並べをする大事な場面があるが、本作ではおはじきに変わり、少女らしさが描写されると同時に、大事なキーワードが現れる。風邪をひいた水原を薫と百合子が見舞いに来るが女中に追い返されそうになり、水原が止めて部屋に招く。百合子は三郎とともに風呂に行き、薫と水原が二人になると、薫は〈どうして私達と一緒に来て下さるの〉と寂しそうに聞くが、水原は答えない。女中に幾度も追い返されることで薫が身分差を意識する場面であり、哀愁を帯びた音楽がBGMに使われる。薫が帯の間から小袋を出すと、中にはおはじきに混じって貝殻や金ボタンが入っている。金ボタンを見て、水原はどこかの学生のをむしりとったのかと思ったと冷やかして薫を怒らせるが、この金ボタンこそが最後の下田での別れのシーンに繋がる鍵となる。

　その晩、荒れているという鉱山師の客たちの宴会が入る。危険を感じたたつは薫と百合子を先に帰し、たつの三味線で栄吉と千代子が踊るのは炭坑節である。温泉宿は鉱山で金を掘り当てようとやって来る客で賑わうが、収穫がなく機嫌が悪い。「炭抗節」は気分を盛り立てるために、客の鉱山師に合わせて選ばれた曲であろう。続いて「大島かっぽれ」をたつと千代子が三味線で栄吉が踊ると、毛脛なんて酒がまずくなるから若いのを出せ、とヤジが飛び、栄吉は無表情で踊り続けるが、このあとの不機嫌の原因となる。

たつは薫と百合子を守るために先に帰すが、百合子は不服で、怖いくらいの目に遭わないとご祝儀がもらえない、たつはご祝儀を自分の懐に入れたいのだと言い、それを否定する薫と気まずくなる。そこに小間物屋が現れ、おでん屋に誘われた百合子は、芸者になるために世話をしてくれるのかと尋ねる。一方、薫は水原と二人で話し込み、薫は自分たちの暮らしを恥ずかしいと思ったことはない、母親の商売が一番いいとは思わないが自分たちを育ててくれたと感謝の気持ちを表現し、水原の話題に移る。たつや栄吉・千代子の三人でこなす宴席の様子、何かを企む小間物屋と百合子、母親の愛情を受け止めて親の話をする薫と水原という、三方向の場面がカットバックで描写される。このあとの小間物屋と百合子の描写はおでん屋に入るまでだが、下田で芸者になるべく夜明け前に逃げ出す算段をしていたことが後々明らかになる。水原と薫の二人は、薫の母親の話題から水原の親の話になり、次のような会話を交わす。

薫　「あなたのお母さんはどんな方？」
水原「死んだ」
薫　「ま……お父さんは？」
水原「死んだ」
　　薫の頰をきらりと走る涙。
水原「そんなこと、黙っていようと思ったんだ」
薫　「でもうれしい……」
水原「どして」
薫　「あたしのお父さんもいないんですもの……半分だけおんなじ」

このような展開で孤児の身の上を明かすことになる。〈半分だけおんなじ〉といった発想は、脚本家田中ならではの細やかさを感じさせもする。このあと、帰宿が遅くなった薫の頰を栄吉が叩いたことをきっかけに、外に飛び出した栄吉に千代子が妊娠を告白すると栄吉は結婚を決意、険悪なムードだった二人は一転して仲睦まじい関係になる。仲が悪いかと思いきや抱き合う二人を物陰から見つめる薫の描写は、大人を理解できない、これから大人になろうとする薫を見事に表現したショットと言える。こうした三者三様の展開が、下田でのクライマックスへと向かう。

湯ヶ野を発ち下田に向かう一行は、原作では山越えの間道を抜けるコースを辿り、途中の泉で男から女の順番に水を飲む、男性優位の社会的風潮を描く大事な場面がある。本作では山道を抜けて河津浜に出るコースで（妊娠中で具合の悪い千代子には峠越えは到底無理である）、先を行く薫と水原が清水を見つけ、それぞれの手で掬った水を互いに飲ませ合う。それぞれの掌に唇がぎりぎり触れるか触れないかの描写は、男女の関係を意識させない際どい境界を無邪気さで表現したシーンである。準備稿では、飴売りが風車をのせて太鼓を叩きながら現れ、水原と薫は一本ずつ風車を持って走り回り、河津浜では弁当を食べ、水原が大島で栄吉と千代子の結婚式に参列する話が持ち上がるシーンがあるが、完成稿ではカットされた。

下田に到着すると、千代子が流産して一行は苦境に陥り、たつは金策に奔走することになるが、そのようなたつに対抗するように港町らしい花街風情の女性たちを登場させる。たつが大島で面倒をみた弟子で、独立して小料理屋を繁盛させるせんは、表面では愛想良く接するが腹の中は異なり、たつが借金を申し入れると冷たく断る。後ろ盾を得て要領よく成功を勝ち得た、世渡り上手な女性である。また、旅芸人一行が滞在する木賃宿の老女中は、金に困るたつに付け入って売春を持ちかける。たつはきっぱりと断り、旅芸人と淫売は違うことを強調、芸で身を立て胸を張って娘たちを守る姿が描き出されて行く。

船員たちの宴席に呼ばれて薫とたつが三味線を弾き、歌うのは兵庫県丹波篠山市で歌われる民謡「デカンショ節」である。客が薫に酒を勧めると、たつが薫を庇って次々と飲まされ、たつが歌うのは一九〇〇年頃に流行した「東雲節」である。途中に都々逸が入るこの歌は、名古屋の娼妓東雲の脱走事件から生まれたとか、熊本の遊郭東雲楼のことを歌ったなど諸説あり、明治後期に盛んになった廃娼運動を反映するともされ、「ストライキ節」とも呼ばれる。売春をもちかけられて断るたつや、芸者置屋に入ったものの最後には逃げ出す百合子など、ストーリーの展開を的確に把握した上での選曲と思われ、物語に歌そのものを取り込もうとする木下忠司の信念を感じさせる。

散々に飲まされた末、薫に抱えられるようにして宿に戻ったたつが口ずさむのは「ストトン節」だが、準備稿ではお座敷唄「ぎっちょんちょん」の三番であった。

たつが奮闘している一方で、水原は彼なりに金策を試み、父の形見の恩賜の銀時計を質草にしようとして断られヤケ酒を飲み、偶然遭遇した小間物屋に百合子を連れ出した文句を言うが青っぽい学生のくせにと逆に殴られる。修善寺の坂本から調達しようとするが、全てうまく行かずに力のなさを実感する。薫は薫で、宴会で客に飲まされて酔った母親の姿を情けないと嘆ずると、生意気だと母親に頬を張られる。必死で世渡りをする大人たちと、まだ世の中を知らない二人の対比が鮮やかに表現される場面である。たつが夜中に一人起き出して三味線片手に流して歩き、客に一曲やれと言われて歌うのは三島発祥とされる民謡「ノーエ節」である。たつが客を取って歌うこのシーンは準備稿にはなく、あとから加えられた。母親の姿を目前に捉え、その生き様を実感する場面であり、薫がたつの背中を見つめて涙を流す、その意味がより鮮明に伝えられる演出が加えられた。

下田での別れは、原作や前作映画では水原の東京行きは早朝であるが、本作では夜の便である。東京に帰る日の朝、薫が水原の宿を訪ね、二人で港の見える丘の上に行き、制服の金ボタンと簪を交換して涙を堪えながら別れを伝え合う。ジメジメし過ぎず、僅かな成長を伝える工夫がうかがえるシーンである。夜、たつと薫はお座敷に出て、たつの三味線で薫が両手に花笠を持って踊り、船員達が踊り出す曲は「銚子大漁節」、千葉県銚子市の民謡で、一八六四年の大漁を祝う川口明神の大漁祭で歌われたのが起源といわれ、船員達の宴会に相応しい歌で盛り上げる。続いて、たつと薫の二人の三味線は「ソーラン節」、北海道渡島半島に伝わる民謡で労働歌である。たつは、一人でいいから波止場へ行くようにと、躊躇する薫を促す。「ソーラン節」は誰もが歌って踊れる歌であり、薫の抜け出す機会を作るための絶妙な選曲であることが分かる。

下田の港には原作同様、栄吉が水原を見送りに来る。準備稿には、原作にある口中清涼剤カオールを渡す場面が描かれているが、完成稿ではカットされた。水原は栄吉に鳥打ち帽を渡すと〈一つこんなのがほしかったんですよ〉と喜ばれ、現金を入れた封筒を〈奥さんに卵でも買ってあげてください〉と渡す。四十九日ではないので、香典ではなくお見舞である。薫は宴席を抜け出して港へ走るが出航には間に合わず、船上から薫の姿を捉えて水原が〈薫ちゃん〉と叫ぶ声に気付いて手を振り合う。

本作では、港でのあっさりした別れの後日談が描かれる。水原との別離の二、三日後の朝、たつと薫が三味線を抱えて港の見える山道を歩いていると走ってきた百合子がたつに謝罪して合流、三人はたつの三味線の伴奏で歌いながら歩き出し、物語は幕を閉じる。準備稿では、百合子が船員に教わった東京で流行の歌として「出船の港」が記されている。一九二五年に作られた時雨音羽作詞、中山晋平作曲『出船の港』は、藤原歌劇団の創設者で（当時世間を賑わせた）テノール歌手藤原義江が歌い、国内外で流行した。しかし、完成稿では百合子が客に教わったはやり歌は「君恋し」に変更されている。「君恋し」は一九二八年に時雨音羽作詞・佐々紅華作曲、二村定一の歌で大流行し、一九六一年にはフランク永井がカバーして第三回日本レコード大賞グランプリを受賞している。当時のジャズ風の流行歌をたつの三味線伴奏で挿入する違和感は拭えないが、メロディーは短調で歌詞も明るいわけではないものの、アウフタクトで始まる四分の四拍子の曲調は当時流行したフォックストロットでリズミカル、サビで〈君恋し〉と伸びやかに上昇するメロディーラインは心地よく、辛い経験を胸中に秘めながらも明日を生きようとする女性たちの姿に溶け込んでいるとも言える。

以上、原作・準備稿・完成稿を比較しながら映画を中核に据えて展開を追い、準備稿からの変更点や音楽の差し替えなどを明確にした。都々逸や民謡、お座敷唄など、桜むつ子の三味線を生かした曲を多く取り入れ、時代に合わせた流行歌を挿入するなど、物語の展開に合わせた変更や工夫がなされ、六作品の映画の中では旅芸人らしい芸のシーンが最も多く描写されている。全体のストーリーとして大枠は原作に沿っているものの、原作が一人称小説として〈私〉の視点から描かれるのに対し、本作は薫・たつ・千代子・百合子の四人の女性と栄吉、それぞれの視点から、身の上に起こる出来事や感情表現を通して、人物造型がなされたと言えるのである。

[4] 評価その他

「読売新聞」（注53）では、まず〈春浅い伊豆路を旅する孤独な一高生（津川）と、旅芸人一座の踊り子との清らかな愛の交流を描く映画〉で、原作に比べて明確に初恋もの、現代風に旅芸人たちの生活を細かく描き、メロドラマふうで芝居気が濃い、とする。鰐淵については〈顔があまりに都会的で素朴な味がない〉、〈〝色気〟めいたハジライのものが多いのも失敗。もっと幼さの残ったおとめの魅力が必要〉、〈津川の一高生は無難〉、〈田浦正巳の旅芸人はひどく生硬で役にほど遠い〉と、俳優に対して総じて批判的であるが、〈いいできとはいえないが、しかしながら、とかくエロと暴力の青春映画が多い今日としては、これはまことに望ましい清潔な素材である〉として、むしろ原作の清純さを評価する。このように評された時代背景には次のような状況がある。

本作が制作された一九六〇年代は高度経済成長の真っ只中、都心部への人口集中が起き、安保闘争やベトナム戦争などの社会的背景がある一方で、欧米の影響を受けて自由恋愛やフリーセックスなどが叫ばれた時代であった。テレビの普及により映画界は興行成績が下降傾向、松竹の業績も一九五五年をピークに年々低下しており、田中純一郎（注54）は、城戸四郎の人道主義的理想精神が当時の若者の欲求とはかけ離れ、暴力やセックスを通して真実の人間性に肉薄することが要求された時代であり、現代性の欠如に原因があったとする。映画界は難局を打開するために、テレビでは放映が難しい暴力やセックスをテーマに多くの映画を制作し、特に独立プロダクションの活動があった。

また、小倉真美（注55）は、時代設定が〈昭和初年〉とされるが旅路の描写や津川・鰐淵のマスク、踊子の衣装がいつも新調のようなのも違和感があり、今さら何のためにこんな古風な話を三度も映画化する必要があるのか、下田の別れもあまりに古風で知恵がなく、「君恋し」の合唱は計算を間違えたサービスぶり、と厳しい評価がなされた。桜むつ子の演技と津川・鰐淵コンビの清新さには好意的な評価をしているのは、先述したような時代の影響があるだろう。田中（注56）もまた、〈時代的なズレが目立ち、こういう古典の再映画化は慎重な演出設計が痛感される〉としている。

古き良き時代へのノスタルジー、ディスカバージャパンのブームに乗って、古典回帰を目指したことがかえって仇になっているようでもある。原作や事実に忠実、あるいはあまり逸脱しないことを重視した評価であり、〈今さら何のためにこんな古風な話を三度も映画化する必要があるのか〉といった発言も、翻案に意味を見出しておらず、翻案に対する理解、価値の置き方が、現代とはかなり異なっていることがわかる。活字離れが進む現代とは逆に活字文化がむしろ当たり前に定着していた時代を逆照射しているとも言えよう。同時代に生きていた川端の考え方がむしろ特殊であったことも見えてくる。

薫役を務めた鰐淵晴子のインタビュー記事によれば、撮影に入る前に川端邸に挨拶に訪れた際、川端には「君の思ったように好きなようにおやりなさい」と言われ、秀子夫人には着物の裾さばきや歩き方などを教えてもらったという。撮影は一ヶ月程で、昼間は伊豆ロケ、夜は大船撮影所、少し仮眠してまたロケバスで伊豆へという強行軍。川頭監督からはしごかれ、スタッフからは行儀作法をたたき込まれ、日本舞踊の稽古も厳しかったが、当時の撮影所は活気があり映画作りにかける情熱が感じられたと語っている（注57）。

注1 『わが青春』（永田書房、一九七八年六月）
注2 十重田裕一「『狂つた一頁』の群像序説 新感覚派映画聯盟からの軌跡」『横断する映画と文学』日本映画史叢書⑫ 森話社、二〇一一年六月）ほか。
注3 Aaron Gerow *A Page of Madness : Cinema and Modernity in 1920s Japan*, Center for Japanese Sutudies,The University of Mishigan.,2008
注4 アーロン・ジェロー「川端短編から浮かび上がる映画論 あるいは、川端康成による映画化」『川端文学への視界』叡知の海出版、二〇二三年七月）は、映画を題材とした短篇から映画と文学の関係を論じている。
注5 五所平之助「幸せだった映画化の機会」（『キネマ旬報別巻 日本映画シナリオ古典全集 第二巻』キネマ旬報社、一九六六年二月）。〈会社を十分よろこばせるような仕事が何本かつづいた〉とは、一九三一年一月公開の日本初完全トーキー映画『マダムと女房』を制作してキネマ旬報ベストテン一位を獲得したことや一九三三年の正月映画『花嫁の寝言』が好評を博したことなどを指している。
注6 「自作を語る 聞き手／白井佳夫・小藤田千栄子」（『お化け煙突の世界 映画監督五所平之助の人と仕事』ノーベル書房、一九七七年一月）
注7 LP版『音による日本映画史 なつかしの無声映画』所収
注8 「城戸四郎と蒲田調の成立」（佐藤忠男『増補版 日本映画史Ⅰ』岩波書店、二〇〇六年一〇月）
注9 菊地三之助「『伊豆の踊子』と五所イズム」（「蒲田」一九三三年四月）
注10 「蒲田」一九三三年四月
注11 佐藤忠男『増補版 日本映画史Ⅰ』（岩波書店、二〇〇六年一〇月）二一九頁〜二三〇頁
注12 「新映画評『伊豆の踊子』巧くなつて行く絹代と五所監督卑俗性の勝利【松竹蒲田の映画】」（「読売新聞」一九三三年二月七日）では、『戀の花咲く 伊豆の踊子』が、これまでの五所作品とは一線を画すものであると評し、文芸作品を原作とした映画制作の先駆けとなる予測をしていた。
注13 伏見晃「脚色ということ」（『キネマ旬報別巻 日本映画シナリオ古典全集 第二巻』キネマ旬報社、一九六六年二月）
注14 注5に同じ。
注15 「『伊豆の踊子』の映画化に際し」（「今日の文学」一九三三年四月）
注16 注7に同じ。
注17 注5に同じ。
注18 『ニッポン・モダン』（名古屋大学出版会、二〇〇九年一月）四一〜五二頁
注19 『日本映画の巨匠たち』（学陽書房、一九九六年）一八七頁
注20 ワダは『The Cinema of Gosho Heinosuke : Laughter through Tears』(Bloomington : Indiana University Press, 2005) 55から引用
注21 注7に同じ。
注22 注6に同じ。
注23 注7に同じ。
注24 五所平之助「タイアツプ考」〈新聞広告にしても、化粧品会社とタイアツプするならば、映画会社は莫大な広告費の節約が出来ると共に、多大の宣伝力を発揮し得るからださうである。従つて現今各映画会社は競つて、かうしたタイアツプ宣伝に力を注いでゐる。／併し乍ら、私はかうしたタイアツプ方法を一概に貶なすことには意義を申し立てたい〉（「映画往来」一九三三年二月）とある。
注25 「東海汽船130年のあゆみ」東海汽船130周年記念サイト https://www.tokaikisen.co.jp/130th/ 二〇二四年一月三〇日最終閲覧
注26 『サイレントからトーキーへ――日本映画形成期の人と文化』（森話社、二〇〇七年一〇月）
注27 「演技女優めざす〝ひばり〟「伊豆の踊り子」再映画化に大ハリキリ」（「読売新聞」一九五四年三月一五日夕刊
注28 川平裕昭「伊豆の鉱山開発史」（「静岡地学」53号 静岡県地学会、一九八六年六月）によれば、静岡県田方郡天城湯ケ島町湯ケ島にあり、一九一四年に発見されて一九三一年に持越金山が買収したという。また、現在は採掘と精錬は休止され、都市鉱山（携帯やPCなどの貴金属）からのリサイクル業を行っているという（「持越鉱山」THE 伊豆ジオ遺産 https://izugeo13.sakuraweb.com/M-030-moch.html）。二〇二四年二月二日最終閲覧
注29 『「伊豆の踊子」物語』（フィルムアート社、一九九四年七月）
注30 「伊豆の踊子」（「キネマ旬報」一九五四年五月上旬号）

注31　野村芳太郎インタビュー（「週刊現代」）未見。
注32　小林淳、ワイズ出版編集部編『映画の匠　野村芳太郎』（ワイズ出版、二〇二〇年六月）九八～一〇〇頁
注33　稲穂照子（湯ヶ野温泉伊豆の踊子の宿 福田家女将、昭和女子大学名誉理事）によると、現在でも「美空ひばり主演の『伊豆の踊子』の映画に出た」と思い出話を語る地元住民が複数いるとの証言を得た。
注34　「野村芳太郎小伝」（「キネマ旬報」三一五号　一九六二年七月上旬号）
注35　斎藤完「映画作品一覧表」（『映画で知る美空ひばりとその時代――銀幕の女王が伝える昭和の音楽文化』スタイルノート、二〇一三年七月）
注36　「第四章　伊豆の踊子（一九五四年三月三一日）」（『映画で知る美空ひばりとその時代――銀幕の女王が伝える昭和の音楽文化』（スタイルノート、二〇一三年七月）
注37　「「伊豆の踊子」ご破算になるの記」（「毎日新聞」一九五三年八月三日、夕刊）
注38　一九五四年三月一日、夕刊
注39　川端康成・豊田四郎・岡田茉莉子「文学に先行する映画の将来性」（「連載特集・日本映画をよりよくするためにⅣ」、「キネマ旬報」一九五五年一二月上旬号）
注40　錦「スクリーン　初恋の情たゞよう　興味もてる美空、石浜コンビ「伊豆の踊子」（松竹）」（「読売新聞」一九五四年四月二日　夕刊）
注41　「伊豆の踊子」（「キネマ旬報」一九五四年五月上旬号）
注42　注35に同じ。
注43　「インタビュー」（『木下忠司の世界』CD付録ブックレット）参照。
注44　国立映画アーカイブ「生誕１００年　木下忠司の映画音楽」パンフレット（二〇一六年）参照。
注45　『日本映画音楽の巨星たちⅢ　木下忠司／團伊玖磨／林光』（ワイズ出版、二〇〇二年七月）三七頁
注46　「湯ヶ島温泉」（「文芸春秋」一九二五年年三月）に記載がある。川端の同性愛相手の小笠原義人と大本教との関係から、片山倫太郎が詳述している（『川端康成　官能と宗教を志向する認識と言語』叡知の海出版、二〇一九年二月）一四～一八頁
注47　一九九五年、第五〇回毎日映画コンクールで女優助演賞を受賞している。
注48　注29に同じ。
注49　佐藤忠男『増補版 日本映画史Ⅱ』（岩波書店、二〇〇六年一一月）三四六頁～三四七頁
注50　注45に同じ。
注51　明治・大正年間、軍帽・軍服姿で手風琴などを奏で、オイチニ、オイチニの号令を歌の合いの手にして、薬の効用を節を付けて語りながら売り歩いた薬。また、その行商人。（『日本国語大辞典』）
注52　作詞・添田さつき、一部不詳、作曲者不詳。
注53　「スクリーン　清潔な青春もの　現代風に、三度目の映画化」（一九六〇年五月一五日、夕刊）
注54　『日本映画発達史Ⅳ』（中央公論社、一九六八年四月）
注55　「伊豆の踊子」（「キネマ旬報」一九六〇年六月上旬号）
注56　注54に同じ
注57　「川端ワールドで伊豆を楽しむ　インタビュー　鰐淵晴子さん」（鈴木邦男監修・執筆『伊豆文学紀行ガイドブック』伊豆文学フェスティバル実行委員会・静岡県教育委員会・静岡県、一九九七年九月）

第3章　演劇作品、その他へのアダプテーション

1.「伊豆の踊子」のアダプテーション／吸収されるメディア

二〇二四年一月現在で確認できている「伊豆の踊子」のアダプテーション一覧表を巻末に掲載した。年代順にみると、一九三三年の映画化のあとは、戦後間もなくのラジオ劇（ラジオドラマ）から始まり、NHKに加えて民間放送が開始されると局を変えながら、映画作品との間に交互に登場し、高度経済成長期以降は一九五七年に新派劇、一九六一年には初めてテレビドラマとして放映される。

映像についてはこれまでにも言及されてきたが、映像以前にラジオが大切なメディアとして存在し、情報源であると同時に娯楽としての一翼を担っていたことを忘れるわけにはいかない。新聞掲載のラジオ番組表および「脚本データベース」等で確認すると、戦後間もない一九四六年一月にはNHK第二から物語『伊豆の踊子』、一九四八年一月には劇『伊豆の踊子』の脚本等、一九五一年からは、NHK第一、NHK第二に加えて民間放送も開始され、一九五二年四月にはラジオ東京から劇『伊豆の踊子』の脚本、一九六〇年四月には「阪神金曜劇場」で『伊豆の踊子』の脚本（注1）が放送された。タイトルには〝物語〟〝劇〟と付されれ、小説そのものを読む〝朗読〟とは明らかに異なり、声は俳優が担当している。一九四八年三月一八日放送の劇『伊豆の踊り子』と一九五二年四月一日放送の劇『伊豆の踊子』の脚本は水木洋子が担当した（注2）。水木洋子は、成瀬巳喜男監督による川端原作映画「山の音」（一九五四年、東宝）の脚本を担当し、林芙美子の「めし」の脚本を担当した田中澄江とともに、女性脚本家として中心的位置にいた。前述のとおり、一九五二年から一九五九年にかけては日本映画の黄金時代で文芸映画の名作も多く制作された。成瀬・水木コンビでは「山の音」のほか、「浮雲」（林芙美子）・「驟雨」（岸田国士）・「あらくれ」（徳田秋声）等がある。

戦後の高度経済成長期以降、「伊豆の踊子」が出版界の活況、相次ぐ映画化によって名作へと成長したことは既に述べたが、映像化以前のラジオ劇（ラジオドラマ）の放送が、実はテレビ小説「伊豆の踊子」の制作に大きな影響を与えており、「伊豆の踊子」名作化へ一つの要因となっていたとも言えよう。

「伊豆の踊子」が最初にテレビドラマ化されたのは、現在も続くNHKの連続テレビ小説（通称「朝ドラ」）のパイロット版として制作された『伊豆の踊子』である。一九六一年一月一日から三日まで、午後一〇時から二五分間、新春特集として三回連

続で放映された。

『日本放送史』には次の記載がある（注3）。

フィルムによる叙景の部分が全体の三分の二を占めていた。／ラジオ小説は、文芸作品に音声的効果を求めたが、テレビ小説は、ラジオ小説が果たしてきた語りとせりふの効果を、さらに視覚的なものに生かし、物語の部分はラジオ小説の手法により、これに視覚的な描写を織り込んで、ラジオ小説で果たし得なかった新しい様式を生み、小説の視聴覚による立体化を図った。／テレビ小説で一番目につく特色といえば、従来テレビドラマで従属的に扱われていた「語り」を前面に押し出したことである。名作のテレビドラマ化の場合、とかく原作のよさを出しきれないうらみがあるといわれてきた。それで、この新形式で一流の文学作品をとり上げ、原作の味を忠実に生かそうというのが、テレビ小説のねらいだった。

この新形式により、描写的な部分はロケ中心、出演者もセット数も少なく構成して通常のドラマよりも制作費を抑え、長期にわたる連続放送を考慮した。「伊豆の踊子」のパイロット版は予想以上の好評を受け、翌一九六一年四月から一年間、獅子文六原作・山下与志一脚色・丹羽一雄演出で「娘と私」が放映された。

川端作品が初めて舞台化されたのは一九三七年、新派による『雪国』（新派大合同十二月興行）であった。「伊豆の踊子」の初めての舞台化は、『雪国』に遅れること二〇年後の一九五七年一〇月、美空ひばり主演映画の三年後であり、新橋演舞場における十月公演『伊豆の踊子』（新派、芸術祭参加作品）であった。脚本・演出は、川端の弟子で親交の深かった北條誠が担当した。

第一景「峠の茶屋」、第二景「湯ヶ野への道」、第三景「湯ヶ野の宿」、第四景「下田港」の四場で構成され、川端について熟知する北條は、学生の口から川端そのままの孤児の境遇を栄吉に告白させ、孤児を前面に出した演出を行った。アダプテーション作品でカットされることの多い、終盤の孤児を連れた老婆の場面も入れ込み、船が出航する場面で終わる。芝居においては、舞台装置や上手・下手の活用、花道などの空間利用による演出は表現の幅を広げ、客席とのコミュニケーションを支えることにもなり、芝居小屋ならではの特色を生む。

また、筋書きやプログラムを確認すると、脚本家などスタッフの文章のほか原作者川端の写真や文章、略年譜や他の作品紹介等を掲載するものもあり、鑑賞者の作品解釈、川端理解に影響を与えてきたと推測できる。

しかし演劇は、映画やドラマなど録画したものが編集されスクリーンや画面を通して視聴される平面的な映像作品とは違い、生きた人間によって演じられる作品を劇場空間で鑑賞するという、いわばアナログなライブ作品という特色がある。演出家による稽古や舞台装置・美術・照明・音響等の事前準備を経て、公演当日は舞台上の俳優の演技、照明・音響・衣装等に加えて、客席の観客も一体となることで完成する。会場の設備やその日の空気、客席に入る観客の反応が俳優の演技に直接影響を与えるといったこともあり、同じ演目でも毎回違ったものになる。

上演年代が古い舞台ほど、録画も残されておらず、直接目にすることは困難である。研究においては写真やプログラム、台本、劇評など紙媒体の文献に頼るしかないのが現状であり、作品としての全体像を掌握するには限界がある。録画技術が発達してからは、録画放送やライブ中継でも視聴が可能になり、また視聴（観劇）の仕方についてもテレビに限らず劇場や映画館でのライブビューイング、スマートフォンやパソコン等の端末でも閲覧可能になり、特に新型コロナウイルス蔓延以降においては送り手・受け手双方において可能性が広げられた。

演劇作品は生の舞台に意義があるからこそ、作品との出会いが難しい面があるのも事実である。本章では、小説「伊豆の踊子」の舞台でもある静岡で企画され、伊豆で上演されるという奇跡的な出会いが叶った多田淳之介台本・演出の『伊豆の踊子』について言及していく。

なお、筆者はSPAC＝静岡県舞台芸術センターの協力を得、アンケート調査を行った。集計結果や分析等については別稿を予定している（注4）。

2．多田淳之介台本・演出　観光演劇『伊豆の踊子』

（1）「東アジア文化都市2023静岡県」とSPAC＝静岡県舞台芸術センター

静岡県は二〇二三年の「東アジア文化都市」に選定された。「東アジア文化都市」とは〈日本・中国・韓国の三か国において、文化芸術による発展を目指す都市を毎年原則一都市選定し、文化交流、文化芸術イベント等を実施する国家的プロジェクト〉（文化庁ホームページ）である。静岡県は、県の文化振興基本計画の基本目標を〈ふじのくに芸術回廊〉の実現とし、東アジア文化都市の期間中には県内各地を自然豊かな〈庭園〉（Garden）のような〈劇場〉（Theatre）と見立て、県民や訪れる人々に回廊のように県内を巡ってもらおうと様々な文化行事を計画、県内各地で多種多様な催事が行われている（注5）。

これらの関連行事の一つで伊豆文学祭記念事業としてSPAC＝静岡県舞台芸術センターによって制作されたのが、観光演劇『伊豆の踊子』である。まさに〈庭園〉のように〈劇場〉を廻る文化を体験するというコンセプトを実現する形で、静岡芸術劇場を拠点に、小説「伊豆の踊子」の舞台となった下田、修善寺のほか、浜松、沼津など県内各地を劇団SPAC一座が旅芸人のごとく旅をしながら公演が続けられた。また、『伊豆の踊子』に出演中の俳優が交代で各地を回り、参加者と一緒に台本の読み合わせや朗読公演をする「リーディング・カフェ」等も開催された。本拠地静岡芸術劇場の公演時には、開演二五分前から二階カフェでプレトーク、終演後にはアーティストトークやバックステージツアーが行われた。

（公財）静岡県舞台芸術センター（通称SPAC（スパック）、以後、SPACと表記）は、日本初の公立文化事業集団であり、演劇専用劇場として「静岡芸術劇場」、野外劇場「有度」、屋内ホール「楕円堂」のほか稽古場棟を持ち、俳優や舞台技術、制作スタッフが活動を行っている。また、〈劇場は世界を見る窓である〉との理念に基づき、平日には静岡県内の中高生を対象に招待公演を行う「ＳＰＡＣｅＳＨＩＰげきとも！」（以後、「げきとも」と表記）と名付けられた中高生鑑賞事業を行っている。事前学習用として動画配信やパンフレットも制作しており、作品理解のために分かりやすく工夫された内容は大人にとっても有益な情報源である。「げきとも」が平日のため、一般公演はほとんどが土曜、日曜のマチネに設定された。「げきとも」で観劇した中高生が保護者を誘って一般公演を観劇するケースも見られ（注６）、芸術文化の若い世代への普及の意味でもＳｐＡＣの活動は理想的な効果を生んでいると考えられる。また、リピーターが多いのも一つの特色であり、今回の演目に限らず、ＳｐＡＣが魅力を発信し続けている成果と言えよう。

台本・演出を担当した多田淳之介は、劇団「東京デスロック」を主催、古典から現代戯曲、ダンスやパフォーマンスに至るまで幅広く手がけており、〈現代社会に於ける当事者性をアクチュアルに問い続ける〉（注７）、気鋭の演出家である。二〇一三年には日韓合作『カルメギ』を演出し、外国人演出家として初めて韓国の「第五〇回東亜演劇賞演出賞」を受賞、二〇一四年度東アジア文化交流使（注８）の一人として韓国で活動、二〇二〇年一二月にはソン・ギウン翻案・脚本による『外地の三人姉妹』を演出して高く評価され、二〇二三年に再演された（注９）。なお、二〇一八年にはＳＰＡＣにおいて芥川龍之介の「歯車」を演出している。

（２）観光演劇『伊豆の踊子』による進化／深化

舞台装置（写真）は、両端の柱と屋根の骨組みによって座敷風に設えたものだけが舞台いっぱいに置かれており、鎌倉の川端家をモチーフにしたものだという。奥に壁のようにスクリーンが設置されており、〝観光演劇〟を実現するために伊豆路の映像による演出と考え抜かれた照明デザインと技術、俳優の洗練された演技によって旅の臨場感が生み出される（注10）。

学生（山崎皓司）　薫（河村若菜）　栄吉（春日井一平）
千代子（布施安寿香）　百合子（鈴林まり）　母（桜内結う）
お咲（三島景太）　お清・お雪（ながいさやこ）
茶屋の婆さん・福田家の女将・おみよ（舘野百代）
茶屋の爺さん・紙屋・鳥屋・三八郎（渡辺敬彦）
木賃宿の女将・活弁士（大内智美）　語り（加藤幸夫）

演じるＳｐＡＣ一座は一一名、配役は次のとおりである。旅芸人の構成、茶屋の爺さん・婆さん、紙屋・鳥屋、活弁士などの登場人物については原作どおりである。お咲・お清・お雪は西河監督の四作目映画作品以降に登場する人物で、伊豆関連の川端作品「温泉宿」を参考にした人物である（注11）。本作でのお咲は、栄吉と共に東京で劇団にいた設定で、ドラァグクイーン（注12）であり、性の多様性を表現する現代人の象徴とも言える存在である。さらに特徴的なのは、川端の自伝的作品「十六歳の日記」に描かれる実の祖父三八郎と、近所で身の回りの世

写真　撮影：三浦興一　提供：SPAC=静岡県舞台美術センター

話をしていたおみよが登場することである。上演時間は休憩なしの二時間一〇分、準備段階では三時間以上かかったものを縮めたという。

　ストーリーは、原作の流れを踏襲しながら、過去の映画作品や川端の他の作品なども取り入れて、重層的に構成される。特に、原作が一人称小説のため、アダプテーションされる場合、主人公〈私〉以外の登場人物たちを動かす必要があり、どのような人物に造型していくか、それぞれの人物の視点から描くことが大きなポイントの一つになる。多田版は、旅芸人たち一人一人の生き方を、前向きに力強く描出することに眼目が置かれたと理解できる。さらに、多くの曲が挿入されており、特に歌詞のある曲が芝居のストーリーとシンクロナイズして、より表現の効果を高めているのも特色の一つである。

［あらすじ］

　二十歳の学生（一高生）は、修善寺、湯ヶ島で見かけた踊子に出会うことを期待して天城峠を越え湯ヶ野に向かう。峠の茶屋で踊子一行に出会い、共に旅をすることになる。踊子は一七くらいに見えたが、湯ヶ野に着くと学生に運んできたお茶を緊張のあまりこぼし、翌朝には共同湯から真っ裸のまま手を振り、実は純粋な子供であることを実感していく。薫は大島の友人お清に会いに行くが、お清は病気で床に就いており、現れたお咲に追い返される。その晩、流しに出た旅芸人たちは学生の部屋に上がって五目並べをして遊んで行った。

　湯ヶ野三日目の朝、出立の予定だったが旅芸人たちの都合で一日延ばし、学生と栄吉は散歩に出る。栄吉は家族の話や東京で新派の劇団にいたことなど身の上話をし、学生は孤児であることを話す。その晩、薫と百合子、千代子はドラァグクイーンのお咲と共にお座敷に出る。戻った薫に学生は本を読み聞かせた。学生は旅芸人たちと親しくなるにつれ、彼らの旅心は自分が考えていたほど世知辛いものでなく、彼らが肉親らしい愛情でつながり合っていることを知る。

　翌日、下田に向かう峠道で学生と薫が先に頂上に着いて休憩、家族の話になり、学生は自分が孤児であることを話すと、薫に心が強いと言われるが、とても弱いんだと思うと答える。途中、清水を見つけ皆で水を飲み、下田に近づく頃に薫が学生さんは「いい人ね」と言うのを聞き、学生は素直に自分をいい人だと感じることができた。途中で「物乞い旅芸人村に入るべからず」の看板を持ったデモが通り過ぎる。下田に到着して甲州屋に入ると、具合が悪くなって寝込む三八郎と、その看病をするおみよがいた。そこに男に見捨てられてヤケ酒を飲むお雪が現れ、百合子が同情する。学生は栄吉に別の宿に案内されると、翌朝の船で東京に帰ることを告げ、法事の花代を渡す。薫は学生と活動に行くと母に話すと、お座敷があることを理由に反対され、学生が誘いに来ると薫は断ってしまう。学生は皆に別れの挨拶をして一人で活動に行くがすぐに出てしまい、宿に戻って夜の街を眺めていると訳もなく涙がこぼれた。お座敷が始まると、百合子は激しいラップで盛り上げる。

翌朝、下田の港に栄吉が見送りに来て、学生に下田名物のお土産と口中清涼剤カオールを渡すと、学生は鳥打ち帽を栄吉に渡す。そこに薫が現れ、栄吉は切符を買いに行き、学生は薫に話しかけるが、頷くだけだった。学生は薫に向かって、心が強いと言ってくれたが自分は孤児で心が歪んでいると決めつけて閉じこもっていた、でも伊豆の景色や匂いが心を緩めてくれた、皆と一緒にいて自分は初めてこのままでいいんだと思えたと伝える。すると薫は、私は初めてこのままでは嫌だと思いました、と言う。学生は船に向かい、栄吉、薫はそれぞれ去って行く。

あらすじには多田版独自のストーリーを盛り込んだが、〝観光演劇〟として特殊なコンセプトのもとに制作されていることに加え、舞台作品の性質上、表現には複雑な要素が絡むため、台本に表現されていない演出が多く存在する。次に、照明や音響、映像などの要素も加えて、シーンごとに見ていく。

［シーン1］プロローグ

開演のベルが鳴り終わると、客席後方の扉から、太鼓や三味線など楽器を鳴らしながら数名の役者が登場、舞台上でも上手下手からそれぞれの楽器を演奏しながら登場、役者一二名が勢揃いしたところで舞台上のセットの下に一列に正座し、下手側手前に語り手が立ち、一座の説明や大まかなストーリーを紹介すると、俳優たちは川端の随筆「伊豆序説」を下手側から順番に一節ずつ読み上げる。〈伊豆は詩の国であると、世の人はいう。〜鹿狩の山として名高いばかりでなく、この天城越えこそは伊豆の旅情である〉。二人目の〈伊豆は日本歴史の縮図…〉のあたりから舞台セットの背景に富士山が大写しになり、BGMに「天城越え」が静かに流れ、浄蓮の滝や下田港、熱海、修善寺、旧天城トンネルなどの映像が朗読に合わせて映し出されていく。最後に語り手が、舞台「伊豆の踊子」も静岡芸術劇場を皮切りに下田、修善寺、浜北、沼津へと旅をし、その途中であること、客席の皆様と旅ができることは幸せの極み、と話したあと全員で挨拶して口上を終える、と同時にビヨンセの「Crazy in Love」が大音量で流れ出して俳優全員が立ち上がる。屋根の上部から降りてきたミラーボールが廻り出し、セットの背景には派手な映像が流れ、俳優たちは口上で羽織っていた半纏を音楽に合わせて踊りながら投げ捨て、女性陣がスパンコールのきらびやかな衣装で踊り出し、次に上手から下手に向かって出演俳優が順番に現れ、背景には「伊豆の踊子」や「The Dancing Girl of Izu」のタイトルバックが流れる。舞台上には茶店の婆さん役の俳優が一人、修善寺の風景をバックに、テンポよく和服を着始め、帯を結び終わる頃には、ゆっくりとした独特の歩調と歩き方で、役の衣装を身につけた俳優たちが順番に現れては下手に消えて行き、峠道の映像とともに旅支度をした五人の旅芸人たちが通り過ぎる。

［シーン2］天城峠の茶屋

学生が登場、正面を向いてゆっくりと歩く動きとともに歩調に合わせた音楽に変わる。語り手が現れて原作の冒頭部分〈私は二十歳～天城を登って来たのだった〉を読み上げる。次に踊子が学生の隣りに登場して踊子の説明、栄吉・千代子・百合子・母が登場し、その間、全員が歩く動きを続けている。学生は上手側に移動し、旅芸人たちを振り返りながら眺める修善寺のシーン、宿の玄関で踊子が踊る湯ヶ島のシーンを経て、語り手は小説の冒頭を読み上げ、背景は天城峠の雨の映像、学生は雨に濡れながら峠道を駆け上るようにして下手に消え、舞台は茶店のシーンになる。

まずはこのような冒頭の場面で、「伊豆の踊子」の小説や映画で演じられた一高生と踊子の淡い恋物語のイメージを持って来場した観客たちは、口上からいきなり大音量の「Crazy in Love」で大転換する舞台に度肝を抜かれる。俳優たちのきびきびした場面転換や映像を伴った動きのある展開、工夫の凝らされた衣装や照明によって、一気に観客の目は舞台に釘付けになるのである。

舞台上手側が店先、下手側が居間で、背景の映像は上手が店先の庭、下手は障子である。中風の老人が居間の囲炉裏の傍に反古に埋もれて座っており、旅芸人たちが休んでいるところに学生が現れる。座ろうとすると踊子が座布団を勧め、煙草に火を付けようとすると踊子は煙草盆を差し出す。そこに老婆が現れ、学生は居間へ案内される。老人の苦しそうな大げさに咳き込む演技に笑いが起きる。雨が小降りになると旅芸人たちが店を出、学生が老婆にあの人たちはどこに泊まるのかと尋ねると侮蔑的な言葉を聞かされ、五〇銭銀貨を置いて足早に店を出るシーンなど、ほぼ原作通りの台詞で進行する。

［シーン3］天城トンネル

背景の映像は天城トンネルの入口に変わり、学生は正面を向いたまま舞台上をその場で歩く動きをし、映像は学生の視点でトンネル奥へと移動する、いわゆる主観映像。語り手が現れ、父・母・姉・祖母を一〇歳までの間に亡くし、祖父のもとで育ち、その祖父も一六の時に亡くなり、私は天涯孤独の身となったのである、と原作者川端と同じ境遇が語られ、原作にない〈茶屋で反故の山を眺め続けながら暮らす爺さんは、その祖父を、何人もの子や孫に先立たれた、祖父の孤独の悲哀を思い出させた〉という説明が加えられた。学生はトンネルを抜けると旅芸人たちの姿を捉え、下手に走り去る。下手から旅芸人一行が舞台中央まで歩いて来ると立ち止まり、その場で歩く動きを続け、代わりに背景の映像は左から右への移動撮影で、旅芸人たちが歩いているような臨場感が表現される。下手側から学生が現れ、舞台上の旅芸人たちは下手側に向きを変えながら足踏みを続け、学生も後ろからあたかも追いついたかのように背景の奥から上手に移動し旅芸人に近づく。映像は旅芸人たちが下手側に向いたタイミングで右から左への移動撮影に切りかわり、学生が旅芸人に追いつくと足早に追い越そうとする。語り手が〈急に歩調を緩めることも出来ないので、私は冷淡な風に女達を追い越してしまった〉と原作にはない学生の内面を説明、栄吉が〈お足が早いですね〉と声を掛けたのをきっかけに二人は話を始める。学生は行き先を聞かれると取り敢えず湯ヶ野に行くと伝え、旅芸人たちは大島から来ていること、下田に一〇日ほど滞在して伊東から大島に帰ることを知る。冬でも泳げると踊子が答えるくだりは原作と同様であるが、次に背景は原作にはない七滝の映像に変わり、七つの滝を一つ一つ説明して〝観光演劇〟の役割を果たしていく。七滝を過ぎた頃に学生は下田まで一緒に旅をしたいと告げる。

［シーン4］湯ヶ野

俳優たちは舞台上で歩く動作を続け、ＢＧＭに四家文子が歌う「伊豆の踊子　踊子の唄」（五所平之助監督映画の主題歌）が流れ始めると全員が正面を向き、背景は湯ヶ野の温泉場、上からの照明はピンクに変わり、上手や下手から俳優が代わる代わる登場し、人が行き交う賑やかな温泉場を表現する。お咲が栄吉に声をかけて足早に通り過ぎ、木賃宿のシーンになる。部屋に空きがなく半地下に通され、俳優たちは舞台上のセットの下に移動、半地下らしく照明も暗くなり、半地下の場所だけ明るく照らし出す。踊子が学生の前でお茶をこぼすシーン、四十女が学生の紺飛白と息子民治の飛白と同じ柄だと指摘するシーン、栄吉が学生を別の宿に案内するシーンなど、原作と同様に展開する。

学生と栄吉が舞台中央に移動し正面を向いて歩く動作、照明は半地下よりも明るい外の光を二人に当てる。実際の福田家の前の橋から玄関、部屋の映像は襖に変わり、原作通り学生は二階から栄吉に向かって包金を投げる。二階はセットの上、栄吉は舞台上のセットの下にいることで表現される。木賃宿の半地下は舞台上の下で下手側に薄暗く映し出されており、つまり栄吉と女たちは舞台上の下の同じ位置にいることで、階級差を示すように学生の高い位置と区別されている。

栄吉が半地下の位置に戻ると女たちも一緒に上手に、一高生は下手にはけて暗転、半地下の位置に語り手が登場して原作通り雨の様子や何度も湯に入ったことを説明、語り手ははけて紙屋と部屋で碁を打つシーン、上手側では女中が床の準備をする。太鼓や三味線が聞こえると学生は落ち着かなくなり、突然碁石を片付け始め、紙屋が去ると電気を消して布団に入って寝てしまう。布団の上に薄暗いスポットが当たるとお囃子の音が大きくなり、背景には、スクリーンの背後にあらかじめ移動していた五、六名の俳優たち——立って踊る薫と三味線をひく旅芸人たちや宴会の客たち——が影絵で映し出され、踊子が回転しながら帯を解かれて上着を剝ぎ取られ、男が覆い被さろうとするところで学生は飛び起きる。照明と音響の演出が見事な、見せ場の一つである。

［シーン5］湯ヶ野二日目

暗転して鶏の鳴き声とともに照明がつき、卵泥棒が下手から上手に駆け抜ける。台詞での説明はないが明らかにお咲であり、あとでお清に届ける卵であったことが判明する。このあと語り手が登場して栄吉が来訪、昨晩の宴会の様子を探る学生とそれに答える栄吉、状況を説明する原作と同様の語りが入り、学生の部屋から踊子が共同湯から裸で手を振る様子を目撃し、栄吉と学生も風呂に行き、暗転となる。

［シーン6］温泉宿

下手からお清の布団が舞台上の下に敷かれお清が横たわる。明かりが点くと下手から薫が現れ、お清との会話、やがて死ぬことを告げるお清にお守りを渡して励ます。そこに卵を持ったお咲が登場、勝手に入っちゃいけないと薫を叱ったあと、お清に客を取ったんだってねと問うと客がここに来たと説明、お咲は薫に向かってうかうかしてるとあんたもこうなる、さっさとお帰り、と追い返す。舞台上が明るくなり下手に消えた薫が走って現れ、しょんぼり歩く。背景は小鳥が小枝にとまって啄む様子、舞台上の下ではお咲がお清を優しく寝かせ、薄暗いスポットが当たっている。やがて薫はその場で手を大きく振りながら必死に走り、やがてゆっくり歩き出すと、スクリーンには鳥も消えた空に開いた掌が現れ、ゆっくり閉じると同時に下に寝ていたお清が静かに立ち上がり、舞台上の踊子を見つめて微笑み、下手に消えて行く。上空で掌を閉じることでお清の命が閉じて昇天したことを表現、舞台上の踊子に向かってにこやかに微笑むことで別れを告げたと解釈できる。

上手側に木賃宿の半地下が現れてスポットが当たり、舞台上の薫が半地下に帰る。下手から現れた黒子たちが、お清の寝ていた布団に向かって深々と頭を下げ、片付ける。映像は涙に滲むような光の群れ、旅芸人たちは舞台上の下を下手に向かって楽器を鳴らしながら歩いている。

［シーン7］福田家

舞台上に下手から現れた学生が旅芸人たちに向かって声をかけ、部屋に誘う。原作と同様、五目並べで薫が我を忘れて夢中になり無意識に学生に接近してしまうシーンに続けて、横になった千代子以外が代わる代わる勝負をして和気藹々と賑やかに過ごすという原作にはないシーンが挟み込まれる。映像は、川端が宿泊した現在の福田家の部屋のぐるりを映し出す。川端が使用した碁盤も当時のまま残されている。一頻り遊んで芸人たちが帰ると半地下だけにスポットが当たり、疲れた様子で寝入ってしまう。

［シーン8］湯ヶ野三日目

暗転して鶏が鳴くと湯ヶ野三日目の朝。下手から舞台上に登場した学生は学生帽を脱いで購入した鳥打ち帽を被り、半地下を訪ねると芸人たちは寝ている。語り手が状況を説明、下田行きを一日延ばすことにし、栄吉と散歩をする。背景には川の流れが映し出され、栄吉は身の上話、二人が下手にはけると、千代子・百合子・薫が上手から登場、背景は青い空に白い雲、ゆっくり歩く動作を続けながら百合子が福田家の榧風呂の話をしているとお咲が下手から登場、薫がお咲にお清の様子を訪ねると、もう大丈夫、明日明後日には良くなる、と薫を安心させるための嘘をつく。そして夜のお座敷の相談を持ちかけ、下手に下がる。入れ替わりで学生と栄吉が登場、背景は川沿いの映像に変わる。学生が生と死は繋がっていて死ぬことも過渡期という話をすると、栄吉は輪廻転生の言葉を出し、芝居は生まれ変わりの話ばかり、役者は舞台の上で生まれ変わるようなもの、「この世は舞台、人は皆役者」とシェイクスピアの言葉が出る。お互いの身の上話になり、栄吉は兄が家業を継いだから自分はいらない体だと言い、学生は孤児であることを告白し、孤児根性がいけないと言うと、栄吉は自分の旅芸人根性こそ有害無益だと話す。

　二人がはけると、木賃宿で鳥屋が食べ荒らした鳥鍋を娘たちに食べさせているところに学生が訪ねると、薫は鳥屋に林芙美子の「放浪記」を読んでもらっている。女将が芸人たちを呼びに来て、芸人たちはお座敷に向かう。ＢＧＭには和楽器で演奏されるショパンの「悲愴」が流れ、栄吉はシェイクスピア「ハムレット」の台詞劇、お座敷が見える木賃宿（舞台上の下）では学生と、栄吉夫婦が子どもを二度とも死なせてしまった話をしている母と鳥屋が見ている。続いて栄吉と千代子による目出度い夫婦劇を演じ、母と学生は半地下から見ている。栄吉・十代子の芝居が終わると同時にミラーボールが廻りだし、レディー・ガガの「Born This Way」にのってドラァグクイーンのお咲が派手な衣装で客席後方から登場、舞台上で踊る千代子と百合子と共に激しく踊り、薫が太鼓でリズムを叩き続ける。観客たちは手拍子を始めるが、事前にＳＮＳ等でペンライトを持参すると良いという情報を得た観客は、色とりどりのペンライトを振って盛り上げる。曲が松田聖子の「青い珊瑚礁」に変わるとお咲・千代子・百合子は舞台上で早変わりして踊り出す。半地下では学生・母・女将がうちわを振り、下手からは親衛隊が登場、ペンライトを振って踊りながら叫ぶコールには伊豆の名所が盛り込まれ、映像は白浜海岸や珊瑚礁を映し、舞台と客席はすっかり一体となってライブ会場と化す、一番の山場である。

　薫がお座敷からもどると、暗に催促され学生が「放浪記」を読み始める。語り手が登場して、薫の真剣に聞き入る様子や、学生の分け隔てない尋常な好意が旅芸人たちに伝わり、正月には大島に行って一緒に芝居をすることに展開、彼らが肉親らしい愛情でつながり合っているのを実感したことなどがほぼ原作通りに語られる。全員が舞台からはけて暗転、背景には大きな月の映像が投影され、鶏の声とともに夜が明ける。

［シーン９］湯ヶ野〜下田

　翌朝、湯ヶ野を出立してお咲を加えた一行が下田に向かうシーンでは全員が舞台上で正面を向いて歩く動作。山越えの道か本街道かの選択を迫られた学生は、近い方がいいが「皆さんは大丈夫ですか」と問う。原作にはない、学生の思いやりのある言葉が加えられる。一行は横一列に並びながら、山道が険しくなるにつれ姿勢を低くして深く踏み込む動作になり、学生と踊子以外は下手と上手に順番に消えて遅れを表現する。背景は森の中の映像、二人が頂上に着くと視界が開けて青空に変わる。腰掛けて休憩、それぞれの家族の話になり、学生は孤児であることを話す。それを寂しいと表現する薫に、記憶にないものを思い出すことはできないから感情はないと、枝に残った枯葉の例で説明するが、このくだりは川端の「孤児の感情」を参考にしたものである。

やがて栄吉ほかのメンバーが到着、薫が清水を見つける。原作では手を入れると濁るし、女の後は汚い、と言っておふくろが〈私〉に先に飲むよう勧める、男尊女卑の時代を表す場面でもある。多田版では、先に飲もうとする薫に向かって母が、女が先に飲むもんじゃないよ、と制止すると、お咲が我慢できないからお先に失礼と言って飲み、男だの女だのごちゃごちゃ言ってないでみんなで一緒に飲みましょうよと発言する。このお咲の台詞は、センシティブな問題を含むため、稽古の時から複雑に変化しており、初日にはカットされていたが、途中で若干の変更が加えられて復活した。人権を尊重し、性の多様性を認め合う社会を目標に掲げる現代において、お咲がドラァグクイーンとして登場し、このように発言することの意味は大きいはずである。

一行は再び下田に向かって歩き出す。全員が後ろ向き一列に並んで、BGMに合わせて位置を変えずにゆっくりと歩く動作を始める。同じ動作を続けながら次第に下手側に向きを変え、男たちはゆっくり前進し、女たちはゆっくり後退することで逆の動きになり、再び正面に向きを変えた時には位置が入れ替わっている。変化のある動きで臨場感を出すと同時に、学生と栄吉が並んで会話するための態勢作りにもなっている。女たちは少し距離を置いて学生の噂話をする。「いい人ね」と発言する場面である。

次に「物乞い旅芸人村に入るべからず」の文字が背景に映し出され、舞台の下手上手両方から一人ずつヘルメットを被ったデモが「旅芸人　立入禁止」と書いたプラカードを持って「旅芸人は村に入るな！　村に疫病を持ち込むな！　村の風紀を乱すな！　No more 旅芸人！」と叫びながら一行の前を通り過ぎる。一行は俯きながらその場で歩く動作を続けている。

［シーン10］

下田に到着すると賑やかなBGMに変わり、背景は派手なネオンサインのような映像、港町らしく賑やかに人々が行き交う様子を表現する。一行が木賃宿甲州屋に入ると、下手側に布団を敷いて三八郎が寝ており、おみよが看病している。前述したとおり、三八郎は川端の祖父でおみよは身の回りの世話をしていたお手伝いで、自伝に基づいた小説「十六歳の日記」に描かれたそれぞれの会話や記述が生かされている。天城峠の茶屋にいた中風の爺さんと呼応するシーンでもあり、川端の生い立ちや作品を知るものにとっては、衝撃的なシーンである。三八郎のややオーバーな演技は笑いを誘うが、「十六歳の日記」や川端自身の介護体験を知る観客にとっては笑えない一面もあるものの、エンターテインメントとして笑いは重要である。「十六歳の日記」は小説でありながら、素材となった川端自身の日記も残る事実の記録でもあり、実在していた三八郎・おみよを「伊豆の踊子」というフィクション、それを翻案した芝居作品の中に登場させているわけであり、芝居ならではの着想の自在さ、アダプテーションの醍醐味とも言えよう。

そこに、男に裏切られて酩酊したお雪が酒瓶を手に百合子のもとにやってくる。東京から来た客と好い仲になり一緒に上京する話になっていたが土壇場で裏切られる酌婦である。東京からの客に惚れると痛い目に遭うことを体現する、薫に対する警告の役目を担う人物として踏襲されている。

栄吉と学生は別の宿に移動するが、舞台の前面に出てスポットを当てることで移動したことが示され、後方は甲州屋のまま、上手側には芸人たち、下手側には三八郎とおみよがいる。栄吉と別れた学生は下田富士に登って港を眺める設定で、舞台前面中央に足を組んで座り込み、スポットが当たる。上手側では母とお咲が薫と学生の仲を心配する会話、母は大丈夫だと主張するが、このあと活動に一緒に行くことを許可しない。

学生が下手にはけると入れ替わりに上手からお雪とともに酒を飲んだ百合子が登場、お雪が男に裏切られた経緯を皆が聞き、東京まで追いかけようとしているお雪を止める。母は踊子は必ずそういう目に遭うと言い、男はみんな人でなしだと百合子が言うと、千代子が向こうにしてみたら私たちが人でなしなんだと発言し、聞いていた薫は外に出て（舞台前方下手よりに移動）しゃがみ込む。

そこに学生が現れ、活動に誘うが、薫は行けなくなったと断る。栄吉は傍で後ろ向きになり見ないふりをしていたが、部屋に戻る。甲州屋に上がった学生は皆に挨拶し、一人で活動に行く。下手から演台を抱えて登場する女弁士にスポットが当たり、学生は弁士に近い舞台最前の端に腰掛け、青年貴族と高級娼婦との身分違いの恋を描いた演目『椿姫』の説明を聞くが、すぐに小屋を出て宿に帰り、夜の街を眺めていると訳もなく涙がこぼれた、と語り手が語る。舞台上の照明はブルーとピンクの配色でやや暗め、背景には涙のつぶを思わせる映像が流れ、薫と学生にスポットが当たり、薫がゆっくり歩き出すと、顔を伏せてしゃがみ込む学生のみにスポットが当たる。踊子が中央で止まると、背景が紫に変わると同時にちゃんみなの「LADY」が流れ、ミラーボールが回り出す。学生は舞台を降りて帽子を被ると舞台上の踊子を振り返って見つめている。背景に大きく映し出された白い石楠花がゆっくり花開く映像に合わせるかのように薫が手を広げて動き出し、舞台上にいる全員が音楽に合わせて踊り出し、百合子の感動的なラップが始まる。背景にはラップの台詞が次々と大きく映し出されていく。薫は扇子を広げて舞台中央で踊る。百合子と半数が舞台上の手前に下りて踊り続け、舞台上の薫に視線を送り続けていた学生は、途中でそっと上手にはける。

自分の境遇を哀切に語りつつもアイデンティティを力強く表現する激しいラップは、観客の胸に迫り涙を誘う（注13）。百合子の「YO！ YO！」の声に合わせて観客も両手を挙げ、会場全体がリズムにのって盛り上がる。

［シーン11］

俳優たちが両袖に少しずつはけてから舞台上に上がり舞台上の左右にあった木枠の扉が黒子によって閉じられ、ブルーの照明を残して暗くなると俳優たちは横になる、汽笛が聞こえ鷗の鳴き声とともに舞台手前が明るくなり、上手から学生と栄吉が現れる。栄吉から下田名物のお土産とカオールを受け取った学生は鳥打ち帽を栄吉に渡す。上手からゆっくり薫が現れ、栄吉は切符を買いに行き、学生は薫に話しかけるが薫は頷くだけだった。学生は薫に向かって、心が強いと言ってくれたが自分は孤児で心が歪んでいると決めつけて閉じこもっていた、しかし伊豆の景色や匂いが心を緩めてくれた、皆さんと一緒にいて自分は初めてこのままでいいんだと思えた、と伝える。すると薫は、〈私は初めてこのままでは嫌だと思いました〉と言う。薫の胸の内から絞り出されるこの言葉が、また観客の胸を締め付ける。学生との出会いと別れを通じて、社会生活の中での現状を受け止め、幼いながらも自分の人生に目を向け始めた薫の前向きな姿勢であり、明確な意志を示す現代的な女性として表現された。これまでのアダプテーション作品とは明らかに異なる薫像を提示したと言える。

栄吉は下手に消え、学生と踊子が舞台上の下手前に並び、ゆっくりと歩く動作を続ける。語り手が登場し、「少年」の文章を読み上げる（注14）。舞台上にいる三人にスポットが当たっている。語り手が下手にはけ、学生と薫の歩みが止まり、船の汽笛が響く中、学生は下手に、薫は上手に去って行く。グローリア・ゲイナーの「I WILL SURVIVE」が流れ、舞台上にブルーのライトが当たって、横になっていた俳優たちが起きだし、閉じていた木枠の扉を左右に開け、旅芸人一行はそれぞれに荷物を持ってゆっくり歩く動作を始める。背景は緑の木々が左から右に流れる映像。一行は下手側に立ち止まって荷物を置き、両手を合わせて拝む。原作の後日談とも言うべき、死んだ赤ん坊の四十九日である。泣き崩れてしゃがみ込む千代子を栄吉が抱きしめる。

お雪とその相手らしい男、三八郎とおみよ、語り手が通り過ぎたあとから、学生、薫、の順番に出演俳優が上手から下手に次々と歩き、スクリーンにはその歩みの後を追うように俳優の名前が流れる。栄吉と一緒に登場する千代子は大きなお腹をしている。俳優たちが全て通り過ぎると曲はパヒュームの「Spring Of Life」に変わり、ミラーボールが回り出す。上手から普段着の服装に早替わりした俳優たちが旅行者となって次々と現れ、背景に映し出される伊豆各地の名所の前でスマートフォンや自撮り棒を持って思い思いに記念写真を撮っては下手に消えて行く。「WELCOME TO 伊豆」の字幕が出ると俳優たちが正面一列に並んで客席に向かって一礼、曲はちゃんみなの「GIRLS」に変わって、カーテンコールとなる。

注1　阪神金曜劇場　『伊豆の踊り子』は、「脚本データベース」では放送年が不明になっており、国会図書館所蔵の台本にも放送年が記載されていないが、朝日放送社史編修室編『朝日放送の50年――資料集』（朝日放送、二〇〇〇年三月、九〇頁）の「阪神金曜劇場」の項目によると、放送開始日59年4月17日、放送

終了日69年4月11日、金19：00~19：30とあり、概要に〈61年5月より21時~21時30分「阪神ABC劇場」66年4月より20時30分~21時「ABC劇場」〉と記載がある。台本には「阪神金曜劇場」、放送日四月一日・八日・一五日、放送時間午後七時—午後七時半とあることから、一九六〇年であることが特定できた。

注2 「主なラジオ作品一覧」（加藤馨『脚本家　水木洋子　大いなる映画遺産とその生涯』映人社、二〇一〇年八月）等を参照。

注3 日本放送協会放送史編修室編『日本放送史　下巻』（日本放送協会出版協会、一九六五年三月）五三九~五四〇頁

注4 本章執筆にあたっては、SPAC制作部より記録映像を視聴、台本を閲覧させていただいた。記して感謝申し上げる。

注5 「東アジア文化都市　2023静岡県」公式ウェブサイト https://culturecity-shizuoka.jp/　二〇二四年一月三〇日最終閲覧

注6 アンケート自由記述欄より。

注7 「中高生鑑賞事業「伊豆の踊子」「自分自身と出会う旅」」（SPAC＝静岡県舞台芸術センター、二〇二三年一〇月）より。

注8 日本の文化を広く世界に紹介するために、日中韓文化大臣会合の決定に基づき、文化庁が中堅・若手芸術家等を指名して中国・韓国を中心とした東アジア諸国に派遣する事業。二〇一四年度から二〇一九年度まで実施。

注9 チェーホフ作「三人姉妹」の舞台を日本統治下にあった朝鮮半島に置き換えて、韓国の劇作家ソン・ギウンと演出家多田淳之介がタッグを組んだ作品。二〇二三年一一月二九日から一二月一〇日まで、神奈川芸術劇場において三年ぶりに再演された。

注10 美術デザイン：深沢襟、照明デザイン：岩城保、音響デザイン：原田忍、衣裳デザイン：清千草、舞台監督：小川哲朗、演出部：山崎馨・藤代修平、照明操作：花輪有紀音響：大胐実莉、美術担当：佐藤洋輔・塚本かな、ワードローブ：牧野紗歩、映像スタッフ：竹澤朗、撮影監督：尾野慎太郎、技術監督：村松厚志、制作（映像）：石井萠水、制作：雪岡純・久我晴子、芸術局長：成島洋子らで座組が構成された。

注11 「お咲」は映画『伊豆の踊子』四作目（西河克己監督、吉永小百合主演）と五作目（恩地日出夫監督、内藤洋子主演）に登場する。六作目（西河克己監督、山口百恵主演）では「お咲」は「よし子」、「お清」は「おきみ」である。「お雪」は五作目にしか登場しない。

注12 派手な衣装や化粧で女装をする男性パフォーマーのこと。

注13 （一部）レペゼン大島旅する一座／おっかさんと娘と旦那とシスター／私だけ雇われのアウトサイダー／人知れず泣いた／日々芸を磨いた／修善寺流して天城越えて／湯ヶ野福田家で温泉決めて／お肌ツルツルお鍋グツグツ／おこぼれもらい切り拓く未来／踊り楽器なんでもござれ／誇り高き生き様刺され／ウチら踊子 dancing queen／We can dance no matter what happens.／物乞いと旅芸人は村に入るべからず？／いつまで鎖国してる気？／私なんか悪いことした？／ただお金がないだけ／学校行ってないだけ／仕事がないだけ／親戚に売られただけ／でも仲間もいるし支え合って生きてる

注14 〈私が二十歳の時、旅芸人と五六日の旅をして、殉情になり、別れて涙を流したのも、あながち踊子に対する感傷ばかりではなかつた。今でこそ、踊子はものごころつき始めた日に、女としての淡い恋心を私に動かしてくれたのではなかろうかと、下らない気持ちで踊子を思い出す。（中略）下田の宿の窓敷居でも、汽船の中でも、いい人と踊子に言われた満足と、いい人と言つた踊子に対する好意とで、こころよい涙を流したのである。今から思えば、夢のようである。幼いことである〉の部分である。

終章　アダプテーションとリメイクがもたらすもの

「伊豆の踊子」の三本の映画化（五所版、野村版、川頭版）と演劇作品について考察してきた。

映画化の動機については、五所版では五所が「伊豆の踊子」をぜひとも映画化したいという強い思いを抱き続けたことが映画化を実現させ、野村版では主演の美空ひばりがぜひ演じたいという強い希望により映画化が実現した。川頭版では再映画化ブームにのったアイドル映画の意味合いが強かった。

戦前のサイレントである五所版は別格として、野村版は五所版と同じ伏見晁脚色でありながら、撮影時に原作に近づける形で脚本が書き直された。川頭版の六〇年代は映画増産の時代にあって、さわやかな青春ものが求められていた。西河版の四作目以降からは、原作に別の川端作品を取り込むことで、翻案内容は別の方向性を示すことになる。

このように、メディアの進化など技術的な変化に伴う映画自体の変容、時代や社会の変化に即した内容やジャンル面での変化があり、現代に近づくに従って複雑化する。少なくとも考察してきた『伊豆の踊子』三作は、それぞれの時代の節目節目に制作されてきたと言える。

河野真理江は、〈一九二〇年代と一九三〇年代に公開された女性向けの映画やメロドラマの映画の多くが、一九五〇年代半ばから一九六〇年代の後半のあいだに明らかに集中的に再映画化され、宣伝や批評の過程で「メロドラマ」というラベルを貼られ〉、戦後日本のメロドラマのリメイク映画をめぐる論点として、〈一九五四年から一九六〇年にかけての「再映画化の流行」という第一段階〉と〈一九六二年から一九六八年にかけての再映画化の再流行〉という二段階があったと指摘する（注1）。論文末にまとめられた「リバイバル・メロドラマ作品リスト」の四五作品に、『伊豆の踊子』四作品が含まれている。確かに、五所版『戀の花咲く　伊豆の踊子』は一九三三年の公開であり、その後の再映画化四作品は河野が指摘する期間に該当している。しかし、スタートの五所版はメロドラマに分類されるとしても、四作品が〈女性向け〉〈メロドラマ〉と一括りに分類されるのには疑問が残る。第2章においてはどのように翻案されてきたのか、その個性を見出すための比較考察を行なってきた。アダプテーション研究の本義はその個性化にあると考える。

小説「伊豆の踊子」の映画化が様々な方向性で製作されているのは、原作小説が多様な問題を孕む作品であるからでもある。一高生と旅芸人との交流から生まれた物語であることはどの映画でも共通した設定であり、階級差・身分差の問題が存在している。原作の〈私〉一高生が孤児根性を払拭したいと悩む孤児であることに加えて、栄吉によって語られる旅芸人たちの出自についても映画は捉えてきた。一作目・二作目ともに栄吉・薫は温泉宿の生まれであり、裏山の鉱山から何も出なかった、熱い湯が出なくなった、等の理由で親が温泉宿を手放したことで旅芸人に身を落とす、というストーリーが設定された。三作目では、もともとは大学にも進学したいと考えていた栄吉が旅芸人の千代子に惚れたために薫とともに旅芸人になったという設定である。つまり、〈私〉も旅芸人たちも同じマイノリティとして描かれている原作の要素にバリエーションを加えてきたと考えることができる。

さらに、テレビ小説制作時に何度も言及されたナレーション、つまり〝語り手〟が重要視されていることに注意を払うべきであろう。「伊豆の踊子」がテレビ小説のパイロット版の素材として選ばれたことには一人称小説であったことも理由の一つにあったと考えられる。

テレビ小説のパイロット版として放映された「伊豆の踊子」は、〈物語的・朗読的要素の部分はナレーションではこび、劇的なところをせりふ〉にし、音楽や効果はテレビドラマとほぼ同じ、しかしテレビドラマでも用いられてきたナレーションがテレビ小説においては重要な役割を演じるとしている。〈「伊豆の踊子」の場合、主役である〝私〟をナレーターにせず、その部分をアナウンサーが朗読し、これによって川端文学の味を出すひとつのキーポイント〉としたとする。

現存する第三回の映像を確認した東山一郎は次のように記す。

> 25分の音声のおおよその配分は、ナレーションが7分15秒、セリフが6分、その他が11分45秒で、当初の印象よりも実際にはナレーションの割合が少なかった。その他の部分は、役者がセリフなしで演じている映像や風景にBGMが乗ったもので、この部分が多いことは、まずラジオ的な作りではないことを示していると思った。また、最後の「港での別れのシーン」は2分20秒もの間、あえてセリフもナレーションも入れず映像のみで描写していた。（注2）

東山は、このような点から〈テレビドラマでもなく、さりとてラジオ小説でもないもので、原作に忠実ではあるが、原作の独白を、単にナレーション（音による語り）だけではなく、映像をも使って語らせようと試みたもの〉であり、〈「テレビ（音と映像）で小説を語る」試み、それが「テレビ小説のスタイル」だったのではないか〉と指摘している。

ＮＨＫ放送博物館所蔵の台本を確認すると、第一回から第三回の台本すべてにおいて「伊豆の踊子」と書かれた本の表紙が映し出され、タイトルが流れるところから始まる。第一回は、次のシーンで本の表紙を開くと同時に原作冒頭の〈私〉のナレーションから始まり、第二回、第三回では同様に冒頭で本の表紙、タイトルが流れると、本の栞を挟んだページが開かれた映像がアップになり、前回の続きから〈私〉のナレーションで始まり、三回目の最後は本の最後のページを閉じるシーンで終わる。まさに〝テレビ小説を読む〟演出が確認できる。

一人称小説として原作に重層的に登場する〝語り手〟をどう扱うかは、「伊豆の踊子」のアダプテーション作品にとって重要な鍵となりそうである。

この点において、多田版の舞台は〝語り手〟の存在をうまく生かしながら、独自の演出を試みている。まず、プロローグに「伊豆序説」を引用することで、川端が伊豆をどのように捉えていたかを伝える。途中に「油」や「孤児の感情」、「大黒像と駕籠」等の自伝的作品を生かすことで、原作中の本筋である〈孤児根性〉の意味や伊豆を旅する目的を明確にしていた。また、エピローグには川端が五〇歳の時点で執筆した「少年」を引用することで、川端が伊豆の旅や旅芸人たち、踊子をどう捉えていたのかを、全体を包み込む形で客観的に伝える役割を果たしている。原作の〈私〉を慎重に扱いながら、〈私〉だけの視点で動かす一人称小説から、それぞれの登場人物が自分の意志を持った人間として造型され、音楽やダンスをライブ感覚で演じる現代性を見事に表現した。作者川端の存在を明確に保ちながら、原作の本筋を生かし、これまでの映画作品にもリスペクトしながら、観光演劇としての独自性を様々な場面で展開し、笑いと涙でしっとりと感動的な舞台に仕上げている。大正時代の過去と令和の現代がしっかりと繋がれた感覚がある。

作家川端は、「伊豆の踊子」発表と同時期に、『狂つた一頁』の映画制作にかかわり、公開前にシナリオを「映画時代」創刊号（一九二六年七月）に川端の名前で発表し、文末には〈このシナリオは、衣笠、犬塚、澤田等の諸氏に負ふところ多し、附記して、謝意を表す〉との謝辞が付されていたが、三次にわたる川端康成全集収録の際に削除されたという経緯がある。川端がどの程度まで脚本を書きあげていたのかは不明であるが、川端自身が映画に関わったきっかけや撮影秘話等をいくつか書き残している。副産物として映画に関連した小説「笑はぬ男」や「婚礼と葬礼」等を執筆した。川端が『狂つた一頁』の製作に関わったことがその後の作家川端に大きな影響を与えたことは、十重田裕一、アーロン・ジェロー、四方田犬彦らによって既に指摘されてきた。しかし、川端が映画制作に関わったことで得たものは、文学（あるいは文字）の映像化や、いかに文学に映画表現を取り入れるかといった、表現上の問題だけではない。原作やシナリオだけでは完成することのない、〝共同作業〟であることを何よりも学んだはずである。

第1章で述べたように、川端は自分の作品を上書きし、他人の作品に手を入れることにも抵抗を持たず、独自の創作に対する姿勢を貫いてきた。目指すものは、作品として満足なものに仕上げること、この一点であったはずである。一方で、若い頃から舞台や映画、美術など多様な文化を吸収し、自作が多様なメディアに翻案されることにも理解を示してきた。映画にしても舞台にしても、共同することで優れた作品を生み出す可能性があることを、川端は誰よりも認識していたと考えられる。アダプテーションに対する柔軟な姿勢を持ち続けたゆえんである。

「伊豆の踊子」の翻案は映画化を皮切りに多様なジャンル間で複数行われ、映画、テレビドラマ、漫画、いずれのジャンルにおいても、原作のテーマとは異なる解釈が展開されてきた。しかし、原作と異なる解釈によって翻案の価値が否定されるわけではない。むしろ、原作は異なる解釈の可能性を含み持ち、多様なメディアが新たな作品を形作ってきた。原作と異なる解釈は、原作を絶対視すればマイナスである一方で、「伊豆の踊子」においてはエンターテインメントの魅力を生み出すための大事なファクターとなり、享受者を惹きつける手段となり得てきた。

「伊豆の踊子」のアダプテーションのポイントとして、テーマのほか、〈私〉という一人称をどう扱うか（描くか）、舞台設定（修善寺、湯ヶ島、湯ヶ野、下田など）、人物構成（旅芸人と周辺人物）、差別問題（階級差や性差）や孤児の描き方、エンディングの描き方などが、いかに脚色されていくかという点において、それぞれのメディアの特色が生かされ、表現されてきた。

メディアは、時代とともに情報伝達の手段としての役割を超え、文化を構築する装置となり、テクノロジーの進化とともに文化を変貌させてきた。さらに、情報を作り発信するテクノロジー、コンテンツを創造する制作者と受容する消費者、それを消費者に届ける産業・ビジネス、というそれぞれのジャンルが複合的に絡み合いながら、アダプテーションも多様に進化してきた。文学という狭義の文化を広義に捉えるために、社会の影響を受けながら複雑に変化するエンターテインメントに関わり続けた川端文学を、多様なジャンルとの関わりから体系的に研究することの意味は大きいはずである。

注1　「リバイバル・メロドラマ―戦後日本におけるメロドラマの再映画化ブームについて」（谷川建司編『戦後映画の産業空間　資本・娯楽・興行』森話社、二〇一六年七月）一四七―一四八頁

注2　「放送資料探訪　テレビ小説『伊豆の踊子』関連資料～朝ドラのパイロット版から見えてくるもの～」（「放送研究と調査」二〇一九年三月一日）

おわりに

二〇年近く、川端康成作品を対象に、エンターテインメントと文学作品との関係を考えることを研究テーマの一つに掲げてきた。大学に勤務する文学部出身の研究者として、当初はもちろん純粋に文学研究に取り組んできた。しかし、人間社会学部に所属し、幅広く〝文化〟について講義をする立場に置かれたときに、自分の専門である文学をどのように生かすことができるのかを考える必要があった。その中で、文学という一ジャンルが社会や文化と様々に関わりながら、あるいは多くのことに文学が影響を与えながら存在していることに改めて気づかされた。

学部時代から川端康成を対象に作品研究を中心に考察してきたが、川端の映画化やテレビドラマ化作品を目にした時、それらをどのように理解すればよいのか、戸惑っていたことも確かである。オリジナルを必ずしも優位とせず、翻案作品を自立的に価値あるものとして捉えるリンダ・ハッチオンのアダプテーションの理論に出会ったことが、研究を続ける原動力にもなった。活字離れが進み、メディア文化が多様に変化する現代において、文学を芸術文化の一ジャンルとして幅広い文脈の中で捉え直し、文学が果たし得る役割とは何なのかを逆照射する形で考えることにも繋がった。

映画化だけでも五〇作近くある川端作品を、舞台化やテレビドラマ化なども含めて体系的に捉え直すというテーマを掲げたものの、全ての作品について考察するのは容易ではないことを改めて思い知らされた。「伊豆の踊子」だけを取り上げても、非常に多くのアダプテーションが行われている。本書を計画した当初は映画化六作品を取り上げる予定であったが、時間と紙幅の関係から叶わなかった。

しかし、最新のアダプテーション作品である多田淳之介台本・演出の観光演劇『伊豆の踊子』と、それを演ずるSPAC一座とともに、小説の舞台である静岡を旅する（調査する）奇跡的な出会いに恵まれた。多くの可能性と、諦めずに挑戦する勇気を教えられた機会となった。静岡芸術文化センター芸術総監督の宮城聰氏、演出家の多田淳之介氏、SPAC一座の皆様、特に制作部の久我晴子氏、雪岡純氏にはことのほかお世話になった。

本書は、昭和女子大学出版会が新たに発足する多忙な時期の企画となり、広報部の岡村伸氏ほか多くの方にお世話になった。また、最後までお手間をおかけしたグラフィックデザイナーの伊勢功治氏、編集者の大西香織氏、印刷所の野渡幸生氏には心からお詫びと感謝を申し上げたい。

最後になったが、本書執筆の機会を与えてくださり、ご多忙の中、様々なご助言をいただいた近代文化研究所所長（日本語日本文学科教授）烏谷知子先生には深く感謝申し上げたい。

【付記】

＊本研究は、日本学術振興会（JSPS）科学研究費助成事業 基盤研究（C）（一般）（令和3年度〜令和5年度）課題番号21K00197 研究課題名「川端文学におけるアダプテーションの考察―活字から舞台・映像への翻案」の一部である。

＊第一章の「2」については、日本近代文学会二〇二〇年度一一月例会　特集「代作と近代文学―「作者」をめぐるポリティクス」をテーマに開催されたシンポジウムでの口頭発表「川端康成の小説作法」の一部を修正し、活字化したものである。

＊第二章の「1」・「2」および「終章」において、川端康成学会第四八回大会川端康成没後五〇周年記念国際シンポジウム「川端作品の二一世紀―アダプテーションの地平」（二〇二二年八月）における口頭発表を活字化した「川端作品の翻案（アダプテーション）―エンターテインメント性を考える」（『川端文学への視界』叡知の海出版、二〇二三年七月）と一部重複する箇所がある。

［付記］一覧表は、2024年2月現在、確認済みのものに限った。調査にあたっては、NHKクロニクル 番組表ヒストリー、脚本データベース、松竹・映画作品データベース、日本芸能・演劇　総合上演年表データベース（立命館大学アート・リサーチセンター）、放送ライブラリー番組検索（放送番組センター）、メディア芸術データベース、テレビドラマデータベース、ラジオドラマ資源、早稲田大学学術情報システム WINEなど多くのデータベースや資料検索システムを活用させていただいたほか、日本放送協会編『日本放送史　上・中・別巻』（日本放送出版協会、1965年1月、3月、12月）、『朝日放送の50年』（朝日放送、2000年3月）等を参照させていただいた。

監督・演出・脚本ほか	キャスト	備考
監督：五所平之助、増補・脚色：伏見晁	田中絹代、大日方伝ほか	白黒・サイレント
	北澤彪	月曜　20:30～21:00
		日曜　17:30～18:00
脚色：水木洋子	中村伸郎ほか	木曜　20:00～20:30
脚色：水木洋子	若山セツ子、香川京子ほか	火曜　20:30
監督：野村芳太郎、脚色：伏見晁	美空ひばり、石濱朗ほか	白黒
	出演：[不明]	月曜　14:00～14:15　全2回
	出演：[不明]	月曜　11:05～11:15　全6回
脚色・演出：北條誠	光本幸子、花柳武始ほか	
作家：上野一雄	市川和子、服部哲治ほか	月曜　14:05～15:00
脚本：石浜恒夫	鈴木英允、山口真代ほか	金曜　19:00～19:30
監督：川頭義郎、脚色：田中澄江	鰐淵晴子、津川雅彦ほか	カラー
演出：畑中庸生、脚本：篠崎博	小林千登勢、山本勝ほか	
監督：西河克己、脚本：三木克巳（井手俊郎）・西河克己	吉永小百合、高橋英樹ほか	カラー
監督：恩地日出夫、脚本：井出俊郎・恩地日出夫	内藤洋子、黒沢年男ほか	カラー
脚色・演出：北條誠	高田美和、倉丘伸太郎ほか	
脚色・演出：北條誠	光本幸子、有田正明ほか	
演出：岡本五十二、脚本：北条誠	栗田ひろみ、小林芳宏ほか	
監督：西河克己、脚本：若杉光夫	山口百恵、三浦友和ほか	カラー
漫画：清水めぐみ、監修：尾崎秀樹		
総監督：黒川文男、演出：高須賀勝己、脚本：吉田憲二	島本須美、神谷明ほか	金曜　19:00～19:30
日本アニメーション、キャラクターデザイン：椛島義夫		
脚色：帰山道夫、演出：池田久仁雄	劇団東俳	
脚色：森治美	中村彰男、増田未亜ほか	日曜　22:05～23:00
作：望月あきら、監修：小田切進、解説：保昌正夫		
演出：三村晴彦、脚本：矢島正雄	小田茜、萩原聖人ほか	
演出：恩地日出夫、脚本：井手俊郎・恩地日出夫	早勢美里、木村拓哉ほか	テレビ東京＋東北新社
漫画：橘はな江		
演出：星田良子、脚本：寺田敏雄	後藤真希、小橋賢児ほか	
作・演出：望月六郎	劇団ドガドガプラス	
作：望月あきら、監修：小田切進、解説：保昌正夫		
作・演出：望月六郎	劇団ドガドガプラス	
漫画：井出智香恵		
台本・演出：多田淳之介	山﨑皓司、河村若菜ほか	

「伊豆の踊子」アダプテーション一覧

	公開年月	メディア	タイトル	制作・劇場
1	1933年2月2日 木曜日	映画	『戀の花咲く　伊豆の踊子』	松竹
2	1946年1月7日・14日	ラジオ	物語『伊豆の踊り子』	NHK第2
3	1948年1月4日 日曜日	ラジオ	劇『伊豆の踊り子』	NHK第1（NHK東京）
4	1948年3月18日 木曜日	ラジオ	劇『伊豆の踊り子』	NHK第2（NHK東京）
5	1952年4月1日 火曜日	ラジオ	劇『伊豆の踊子』	ラジオ東京
6	1954年3月31日 水曜日	映画	『伊豆の踊子』	松竹
7	1954年4月5日・7日	ラジオ	『伊豆の踊り子』（2回）	文化放送（日本文化）
8	1954年7月26日～7月31日	ラジオ	『伊豆の踊子』（6回）	TBS（ラジオ東京）
9	1957年10月2日～10月26日	舞台（新派）	『伊豆の踊子』（芸術祭参加　新派十月公演）	新橋演舞場
10	1958年9月8日 月曜日	ラジオ	お茶の間劇場『伊豆の踊子』	ラジオ東京
11	1960年4月1日・8日・15日	ラジオ	阪神金曜劇場『伊豆の踊り子』	朝日放送
12	1960年5月13日 金曜日	映画	『伊豆の踊子』	松竹
13	1961年1月1月～3日	テレビ	『伊豆の踊子』	NHK
14	1963年6月2日 日曜日	映画	『伊豆の踊子』	日活
15	1967年2月25日 土曜日	映画	『伊豆の踊子』	東宝
16	1967年6月2日～6月25日	舞台（新派）	『伊豆の踊子』（南座六月特別公演）	京都南座
17	1969年1月2日～1月28日	舞台（新派）	『伊豆の踊子』（新派初春興行）	新橋演舞場
18	1973年2月4日～2月11日	テレビ	『伊豆の踊子』	KTV
19	1974年12月28日 土曜日	映画	『伊豆の踊子』	東宝
20	1985年	まんが	旺文社名作まんがシリーズ『伊豆の踊り子』	旺文社
21	1986年4月25日 金曜日	アニメーション	青春アニメ全集（第1回）『伊豆の踊子』	NTV
22	1986年12月20日 土曜日	まんが（アニメーション）	名作アニメシリーズ『伊豆の踊子』	新潮文庫
23	1988年12月1日 木曜日	舞台（現代劇）	『伊豆の踊子』	東俳テアトロ館
24	1991年11月10日 日曜日	ラジオ	『伊豆の踊子』（ラジオ図書館　昭和文学シリーズ第2夜）	TBS
25	1991年11月15日 金曜日	まんが	文芸まんがシリーズ『伊豆の踊り子』	ぎょうせい
26	1992年2月3日 月曜日	テレビ	『伊豆の踊子』	TBS
27	1993年6月14日 月曜日	テレビ	日本名作ドラマ『伊豆の踊子』	テレビ東京
28	1996年10月11日 金曜日	まんが	『愛と青春の文学館　伊豆の踊子・野菊の墓・春琴抄』	講談社
29	2002年1月1日 火曜日	テレビ	モーニング娘。新春！ LOVEストーリーズ『伊豆の踊子』	TBS
30	2008年2月28日～3月9日	舞台（現代劇）	『贋作・伊豆の踊子』	浅草東洋館
31	2010年4月1日 木曜日	まんが	新装版文芸まんがシリーズ『伊豆の踊子』	ぎょうせい
32	2010年5月13日～5月19日	舞台（現代劇）	『贋作・伊豆の踊子 2010』	浅草東洋館
33	2010年9月15日 水曜日	まんが	コミック版『伊豆の踊子』	ホーム社
34	2023年10月7日～2024年2月25日（一般公演）	舞台（現代劇）	観光演劇『伊豆の踊子』	劇団SPAC（静岡県舞台芸術センター）

著者略歴

福田 淳子（ふくだ じゅんこ）

昭和女子大学近代文化研究所所員研究員。

昭和女子大学大学院生活機構研究科福祉社会研究専攻・人間社会学部現代教養学科 教授。著書『夏目漱石 修善寺の大患前後』（共著 近代文化研究所、2022年2月）、『川端康成をめぐるアダプテーションの展開――小説・映画・オペラ』（単著 フィルムアート社、2018年3月）等

ISBN978-4-7862-0316-9 C1393 ¥1800E

ブックレット 近代文化研究所叢書 17

川端文学におけるアダプテーション
――「伊豆の踊子」の翻案を中心に

2024年3月20日

定　価　1,980円（10% 税込）

著　者　福田淳子　2024©Junko Fukuda

発行人　昭和女子大学近代文化研究所
所長　烏谷知子

発行所　昭和女子大学出版会
〒154-8533 東京都世田谷区太子堂１－７－57
Tel. 03-3411-5300　Fax. 03-3411-5143

編　集　大西香織

デザイン　伊勢功治

印刷・PD　野渡幸生

Printed in Japan